龍の不動、Dr.の涅槃

樹生かなめ

white
heart

講談社X文庫

目次

人物紹介

橘高正宗
【きったか まさむね】
清和の養父。
眞鍋組顧問。
祐
【たすく】
眞鍋組の参謀。
安部の息子のような存在。
安部信一郎
【あべ しんいちろう】
正宗の右腕であり舎弟頭。
眞鍋組組員の信望が厚い。
橘高典子
【きったか のりこ】
清和の養母。
リキ
清和の右腕。
眞鍋の虎と呼ばれる。
橘高清和
【きったか せいわ】
眞鍋組二代目組長。
氷川の恋人。
氷川諒一
【ひかわ りょういち】
清和の恋人。
明和病院に勤める
美貌の内科医。

京介
【きょうすけ】
ホストクラブ・ジュリアスの人気ホスト。ショウの幼馴染み。
サメ
眞鍋組の諜報部隊トップ。
ショウ
清和の舎弟。眞鍋組の特攻隊長。
吾郎
【ごろう】
清和の舎弟。
卓
【すぐる】
清和の舎弟。箱根の旧家出身。
宇治
【うじ】
清和の舎弟。
信司
【しんじ】
清和の舎弟。摩訶不思議の信司と呼ばれる。

イラストレーション／奈良千春《ならちはる》

龍《りゅう》の不動《ふどう》、Dr.《ドクター》の涅槃《ねはん》

1

明和《めいわ》病院に勤務する内科医、氷川諒一《ひかわりょういち》の髪の毛はサラサラ。

高野山《こうやさん》にある福清厳浄明院《ふくせいごんじょうみょういん》の僧侶《そうりょ》、朱斎《しゅさい》の頭部はツルツル。

サラサラの手もツルツルの手も体毛は薄い。どちらもぎゅっ、と握りしめた手を離そうとはしない。

サラサラとツルツルの瞳《ひとみ》と瞳が交差する。これ以上ないというくらい情熱的に。まるで深く愛し合っている恋人たちのように。

いや、まさしく、恋人たちそのものだ。

サラサラとツルツルは、お互いにお互いしかいなかった。

ふたりにはふたり以外、何もなかった。

世界にはふたりしかいない。

たとえ、二代目組長を筆頭とした眞鍋《まなべ》組の男たちが何人いようとも、桐嶋《きりしま》組組長や元藤堂《とうどう》組組長がいようとも、この世にはサラサラとツルツルしかいないのだ。

麗《うるわ》しい僧侶と白百合《しらゆり》の如《ごと》き内科医は、ふたりだけの世界に入っていた。もはや、誰ひとりとして声をかける者はいない。

もっと言えば、誰も声をかけようとはしない。

不夜城を統《す》べる眞鍋組の総本部内、二代目姐《あね》である氷川が他人と熱い目で手を握り合えば、二代目組長が壮絶な嫉妬心《しっとしん》を燃やす……ものなのだが。いつも取るに足らないことで独占欲を発揮するのに。

それなのに。

二代目組長こと橘高清和《きったかせいわ》は、最愛の姉さん女房に一歩たりとも近づこうとはしない。舎弟たちに氷川の手を握り締める者の始末も指示しない。桐嶋組の組長である桐嶋元紀《もとき》とともに物陰からひっそりと窺《うかが》っているだけだ。

否、眞鍋と桐嶋の金看板を背負う極道たちは視線だけで会話していた。

『桐嶋の、あれをなんとかしろ』

『眞鍋の、無理や』

『桐嶋組は寺になるつもりか』

『このままやったらうちもとばっちりを食らいそうやな。姐さんは本気や。本気と書いてマジと読むぐらい本気や』

『ああ』

眞鍋組と桐嶋組のトップは危機的な状況を理解しているが、対処できないし、対処しようともしない。命知らずの極道も日本人形に等しい二代目姐に白旗を掲げている。

清和と桐嶋はどちらからともなく視線を合わせると、シニカルに口元を歪《ゆが》めた。そして、法衣《ほうえ》姿《すがた》の僧侶の手を握り続ける氷川に視線を戻す。

未《いま》だかつて指定暴力団・眞鍋組の総本部に僧侶が乗り込んできたことはない。まして姐と眞鍋寺化について語り合うなど。

前代未聞の出来事。

もっとも、男である氷川を姐として迎えたことは前代未聞の珍事なんてものではない。

ゴクリ、と眞鍋組の若手構成員が唾《つば》を飲み込んだ。

僧侶の神々しさは頭部に表れているのだろうか。

ツルリと光って、ピカッ、とさらに輝く。

氷川にしてみれば何よりも頼もしい頭部の光だ。

この世にこんな綺麗《きれい》な光があったなんて、と氷川は感動さえしてしまう。無意識のうちに下肢が震えるのは感激しているからだ。

鉄砲玉の代名詞と化しているショウも、武闘派幹部候補の宇治《うじ》も、頭脳派幹部候補の卓《すぐる》も、それぞれ、恐怖に満ちた目で美坊主の頭部を凝視していた。

坊主。

正確に言えば、出家。

それは命知らずの極道をも黙らせるものだ。

「真言宗《しんごん》・眞鍋寺、眞鍋寺です。眞鍋寺こそ、僕の求めていた幸福の形です。眞鍋組じゃなくて眞鍋寺なら、みんな、幸せになる。危ないことはない。抗争は二度といやだ。眞鍋寺ならどこの暴力団も殴り込まない。ヒットマンも飛んでこない」

氷川は周囲に大輪の白百合を咲かせ、興奮気味に朱斎に言い放った。

その途端。

バタッ。

とうとう緊張と恐怖に耐えられなくなったのか、宇治が物凄《ものすご》い音を立ててその場で失神した。

「……ぼ、坊主」

血で血を洗う抗争にも怯《ひる》まない兵隊のダイイングメッセージは『坊主』。

……まだ死んではいないが。

命は尽きていないものの、二代目姐による眞鍋組の眞鍋寺計画で宇治の魂は完全にどこかに旅立った。

もちろん、氷川の視界には入らない。

「うちにはいろいろな特技を持った子がいます。卓くんは書道家だから、卒塔婆《そとば》を書くのは得意です。ご朱印も上手です」

氷川が黒曜石のような目をキラキラさせて言った瞬間、話題にされた卓はズルズルと崩れ落ちた。

「……坊主」

卓の最後の言葉も『坊主』だ。

姐さんを説得するのは卓の役目だろ、と清和に目をかけられている吾郎《ごろう》が小声で文句を零《こぼ》す。

言うまでもなく、氷川の耳には届かない。

弘法大師空海《こうぼうだいしくうかい》を宗祖とする真言宗が、清和並びに眞鍋組の進むべき道だ。今、目の前には高野山で名僧と名高い院家《いんげ》の跡取り息子がいる。

朱斎こそ氷川にとって幸運の女神ならぬ導きの神だ。

「うちのショウくんはお経を覚えられないかもしれないけれど、賽銭《さいせん》泥棒やお供え物泥棒は捕まえられます」

氷川が朱斎の手を握り直しながら言った時、眞鍋が誇る韋駄天《いだてん》は両生類の仲間の如き断末魔の声を零しつつ、顔から勢いよく倒れ込んだ。

「……ゲロゲロゲロゲロゲロゲロゲロッーローッローッッッローッ」

ショウの両生類化が合図になったかのように、それまで耐えていた若い構成員たちが次から次へと失神していく。吾郎は頭部を鯱《しゃち》が描かれた灰皿でガードしたまま卒倒した。武闘派で鳴らした古参の幹部も白目を剝《む》いている。

これ以上、氷川による眞鍋寺の話を続けさせないほうがいい。そうでないと、眞鍋組総本部は全滅する。

しかし、もはや、氷川を止められる者はいない。

不夜城に君臨する清和でさえ、氷川の口を止めることはできないのだ。

清和の右腕であるリキにしても、暴走する二代目姐を止めようとはしない。止めろ、と清和が視線で命令しているというのに。

「うちの清和くんならかっこいいお坊さんになると思う」

氷川の脳裏には墨染めの衣に身を包んだ清和がいた。普段、着ているアルマーニのスーツよりずっと似合う。

そんな気がする。

愛《いと》しい清和に髪の毛の有無はなんの関係もない。そもそも、生きていくうえで髪の毛はさして重要ではないのだ。

「そうですね」

朱斎は高野山でも格式の高い寺に生まれ育ったものの、偉大すぎる父親や祖父、その自身の立場に悩み、思いあまって十七歳の時に家を飛びだしたという。世間知らずの子息が大都会で生きていくのは容易ではない。ご多分に漏れず、悪い輩《やから》に騙《だま》され、気づけば藤堂組の覚醒剤《かくせいざい》の密売に関《かか》わっていたそうだ。

当時、藤堂組の組長である藤堂和真《かずま》は、幾度となく清和に小汚い罠《わな》をしかけていた。朱斎は末端の小物だったが、藤堂が誰よりも意識していた清和のことは知っていたらしい。

「うちのリキくんは『修行僧』とか『苦行僧』とか呼ばれているし、剣道で有名な家の次男坊だけど、お坊さんになるように生まれてきたようなもんだよ」

「眞鍋組の虎《とら》、その勇名は存じています」

リキの背中には極彩色の虎が刻まれている。『龍虎《りゅうこ》』となるように、清和が背負った昇《のぼ》り龍《りゅう》の刺青《いれずみ》に合わせたのだ。

「リキくんは強いから、墓泥棒なんて小指でひねり潰《つぶ》すよ」

リキは剣道で有名な日光《にっこう》の高徳護国《たかとくごこく》家の次男として生まれ育ち、本来なら極道として戦う男ではない。けれど、眞鍋組の頭脳として辣腕《らつわん》を振るっている。眞鍋組最強の腕っ節を誇る虎がいなければ、今、清和は生きてはいなかっただろう。それこそ、清和の魂は高野山にいたかもしれない。

「嘆かわしいことに、昨今、墓を荒らす人が絶えません」

世知辛《せちがら》い世相を反映するように、墓に悪戯《いたずら》したり、墓地で騒いだり、暴れたりする輩が増えてきたという。

「許せない。リキくんに任せて」

「頼もしい」

「うちのサメくんは芸人根性が凄いからお坊さんなんて簡単だと思う」

サメは氷川の勤務先の院長に扮《ふん》したり、患者に扮したり、暴走族に変装したり、忍者に扮したり、神出鬼没の食わせ者には見事な芸人根性が備わっている。きっと誰よりもそれらしい僧侶になるだろう。

「眞鍋のサメ……眞鍋で最も手強《てごわ》い部隊を率いる恐ろしい男だとお聞きしています」

不夜城に彗星《すいせい》の如く現れた清和驀進《ばくしん》の最大の要因は、情報戦を制したからだ。すなわち、サメが率いる諜報部隊《ちょうほうぶたい》が清和の快進撃を支えたと目されている。

ただ、腕利きが抜けた穴が大きく、未《いま》だにかつての力を取り戻せず、最近はあちこちで後《おく》れを取っていた。今回、ロシアン・マフィアのイジオットの次期ボス候補の来日を察知できなかったのも、サメが率いる諜報部隊の痛恨のミスだ。

「うんうん、うちが真言宗・眞鍋寺になるんだから桐嶋組も真言宗・桐嶋寺だ。桐嶋さんも出家しようね」

氷川が桐嶋に声をかけた途端、清和の鋭い目がさらに鋭くなった。傍《かたわ》らにいる桐嶋に横目でプレッシャーをかける。止めてくれ、と。

「姐さん、ヤクザ坊主はどうかと思うんや」

ヤクザ坊主、の独特のイントネーションにより、桐嶋に出家する意志がないことが伝わってくる。

「桐嶋さんは誰の舎弟？」

氷川は桐嶋を舎弟にするつもりはなかった。あれよあれよという間に、桐嶋が強引に氷川の舎弟になったのだ。

振り返ってみれば、正解だったとしか言いようがない。

藤堂を宿敵だと見なしていた清和と、藤堂を誰よりも大切に思っている桐嶋では、どうしたって対立する。

今までに藤堂が原因で何度も亀裂《きれつ》が走ったが、そのつど、氷川が間に立った。

清和と桐嶋がいい関係を築いている大きな要因は氷川だ。

「ジブンは姐さんの舎弟でごんす。姐さんのためなら火の中、水の中や」

「眞鍋組は眞鍋寺になる。清和くんはお坊さんになるし、僕も得度《とくど》する。桐嶋さんもお坊さんになるに決まっているでしょう」

「姐さんに命を捧《ささ》げてま」

桐嶋は一呼吸置いてから神妙な面持ちで言った。

「けど、髪の毛はカズに捧げてるんや」

堪忍《かんにん》、とばかりに桐嶋は男らしく整った顔の前で両手を合わせた。隣では清和が仏頂《ぶっちょう》面《づら》で見守っている。

藤堂はいつもと同じように悠然と構えていた。

「桐嶋さん、男が髪の毛ぐらいでガタガタ言わないの」

髪の毛の有無は命に関わらない、と氷川は凛《りん》とした態度で言い放った。脱毛症のこれといった特効薬が開発されないのは命に別状ないからだ。

「姐さん、そんなシャンプーのＣＭに出とうみたいな綺麗な髪の毛をして何を言うとるんや。姐さんがつるっパゲなんてあかんやろ」

「重要なのは髪の毛じゃない。仏門に入ることなんだ」

氷川の身も心もすっかりその気だ。できるならば、今すぐ、得度したい。生き仏そのものの微笑を絶やさない朱斎にも感心した。

おそらく、道を誤った過去があるから今の朱斎がいるのだろう。清廉潔白なままでは、実社会で喘《あえ》ぐ者たちの苦悩を理解できなかったはずだ。

「つるっパゲになって、金のうなっとう奴《やつ》を桐嶋寺の墓に埋めて、葬式代や盆暮れの供養代を家族から巻き上げて……ヤクザよりボロい商売かもしれへんな」

これからは葬儀屋と墓屋の時代や、と桐嶋は商売人の顔で不敵に口元を緩めた。ポンポンポン、と煽《あお》るように清和の肩を叩《たた》く。

「桐嶋さん、なんて罰当たりなことを言うの」

氷川は楚々《そそ》とした美貌《びぼう》を曇らせたが、桐嶋はまったく悪びれない。へへっ、と意味深に笑った。

「檀家《だんか》を増やすのは任せてぇや。いいシノギになりそうな奴を墓に埋めるで」

「桐嶋さん、冗談でもそんなことを言っちゃ駄目だよ」

「姐さん、冗談ちゃうで。本気や」

暴対法の施行により、暴力団に対する締めつけは厳しくなる一方だ。眞鍋組のみならず暴力団は否応《いやおう》なく変革を迫られている。

「もう……っと、藤堂さんも出家して桐嶋さんがおかしいことをしないように見張っててください」

氷川が紳士然とした藤堂に視線を流すと、それまで慈愛に満ちた微笑を浮かべていた朱斎が口を挟んだ。

「氷川先生、藤堂さんに出家は早すぎます。高野山で罪深き騒動を起こしたことをお忘れですか？」

朱斎の言葉を耳にして、氷川は今さらながらに藤堂の魔性の男っぷりを思いだした。天空の聖域と称される高野山で、藤堂は図らずも数多《あまた》の男たちを魅了してしまったのだ。国内外の観光客だけでなく生真面目《きまじめ》な僧侶まで。

ほんの数日前の出来事だ。

思いだしたのか、桐嶋の顔が一瞬にして般若《はんにゃ》と化す。背後には燃え盛る炎がはっきりと見えた。

「……あ、藤堂さんの罪作り……藤堂さんは追いだされ……出入り禁止になったんだよね？」

藤堂を巡る男たちの争いは、命をかけた決闘に発展した。一歩間違えれば、世界に誇る聖域が血の海に沈みかねない。

朱斎の父親は魔性の男こと藤堂に苦渋の決断を下した。

「拙僧も父の決断に従うしかありませんでした。藤堂さん自身の罪ではありませんが、周囲を惑わせてしまう罪は重い」

「藤堂さんが悪いと思う。だから、これ以上、罪を重ねないように出家してお坊さんになったほうがいいのに」

「今の藤堂さんでしたら出家しても魔性は消えないでしょう」

「藤堂さんは本当に罪作り」

氷川と朱斎としみじみとした口調で話し合っても、藤堂はいつもと同じように他人事《ひとごと》のように聞き流している。

怒りの火柱を増やしているのは桐嶋だ。

青い炎を燃え上がらせているのは清和である。お前さえ高野山に行かなければ、と清和は心の中で藤堂を罵倒《ばとう》しているようだ。

惚《ほ》れた強みか、惚れられた強みか、伊達《だて》におむつを替えていないからか、十歳年上の姉さん女房の貫禄《かんろく》か、理由は定かではないが、氷川には無表情の裏に隠された清和の心情がなんとなくわかる。

桐嶋は大声で藤堂を罵《のの》りだした。

「……今回のこと、全部、ぜ～んぶ、カズが悪いんや。クソ真面目な小坊主がカズに血迷ったんも、なんもかも全部、全部、カズが悪いんや。英語にフランス語にロシア語に宇宙語に……確か、お釈迦《しゃか》さん語まで飛びだしてカズの取り合いや。蠟燭《ろうそく》の火がたくあん色の髪の毛に燃え移って、線香の火が豚の丸焼きと牛の丸焼きができるくらいの火になったんや……カズや、カズや、あの世界遺産の高野に似合わんファミレスができたんもカズが悪いんや」

桐嶋のマシンガントークに反応したのは氷川だ。

「桐嶋さん、高野山にファミレスがあるの？　……じゃない、それは藤堂さんのせいじゃないと思う」

「カズのせいちゃうかもしれへんけどカズのせいや。ごっつう便利で助かっとう、って聞いたけど、坊主の本拠地でファミレスはあかん。カズが悪いんや。そもそも、勝手に坊主の本拠地に行くからあかんのや……よくも、俺を眠らせやがった。俺のワインに薬を入れて眠らせよった。カズは俺を眠り姫にして坊主の山に行ったんや」

よくも俺のヤワなハートをブチ破った、と桐嶋は悪鬼の如き形相《ぎょうそう》で藤堂の襟首を乱暴に摑《つか》んだ。

もっとも、藤堂はまったく動じない。

代わりというわけではないだろうが、朱斎が苦しそうな顔で口を挟んだ。

「桐嶋さん、非は拙僧にあります。すべては愚かな拙僧が招いたことです。藤堂さんにはなんの非もありません」

サイ、と名乗っていた在りし日の家出少年は、藤堂が作り上げた偽坊主ルートで、覚醒剤の密売に携わっていた。

実父が探し当て、命をかけて藤堂に掛け合ったのだ。

格式の高い寺の院家と跡取り息子ともなれば、大きな金になる。藤堂は小汚いヤクザの冠を被《かぶ》っていたが、温情をかけ、朱斎をいい形で解放した。

しかし、罪の清算はすんではいない。

心を入れ替え、朱斎として仏に仕える日々を送っていたのに、消すに消せない過去が追いかけてきた。

福清厳浄明院の本堂で説法をしていると、かつての悪い仲間たちが現れたのだ。すなわち、偽坊主ルートのメンバーである。

父や祖父以上の名僧になるという評判を得ている朱斎を『シャブの売人』と揶揄《やゆ》した。

そして、脅した。

過去をバラされたくなければ覚醒剤の密売に協力しろ、と。

その時、朱斎は鋼のような意志で拒んだが、性懲りもなく何度も偽坊主ルートのメンバーはやってきた。藤堂の下から離れた後、半端な彼らは金銭的に逼迫《ひっぱく》していたのだ。

遠からず、過去を暴露される。下手《へた》をしたら、福清厳浄明院の参拝者にまで危害が加えられるかもしれない。

サイと名乗っていた時代で、警察になんの力もないことは知っている。それでも、卑怯《ひきょう》な脅しに屈するわけにはいかない。二度と悪事に加担しないと仏に誓っている。だが、金に困っている輩は諦《あきら》めてくれない。すべての罪を清算する覚悟を決め、警察に出頭するしかないのか。

自分はどうなってもいい。過去を隠して仏と向き合うことが辛《つら》かった。過去が露見すれば、実父だけでなく宗派にどれだけ迷惑がかかるかわからない。過去の自分が宗派の評判を落とす。

朱斎は悩みに悩み抜いた末、藤堂に連絡を入れたそうだ。

ある程度、予想していたのか、手短に話しただけで藤堂は察したという。朱斎を脅迫したメンバーには納得さえしていた。

『……そういうことか。サイ……いや、朱斎さん、俺に任せてほしい』

藤堂はまったく動じず、解決を請け合ってくれたが、だからといって朱斎は安心できない。

『藤堂組長……じゃない、藤堂さん、どうするのですか？』

『今、行方のわからない男もいるが、偽坊主ルートのメンバーをひとりでも取りこぼせば、いずれ、朱斎さんを脅迫する。偽坊主ルートのメンバーを全員、炙《あぶ》りだす』

『どのようにして？』

『僧籍の方が気にする必要はない』

それ以来、藤堂は福清厳浄明院の一室をキープし続けた。場合によっては俺が高野山に乗り込む、と。

朱斎は藤堂がどんな手段を取るのか、見当もつかなかったという。

氷川には藤堂が書いたシナリオがわかる。

偽坊主ルートを復活させると、元メンバーたちに招集をかけたのだ。覚醒剤を御法度《ごはっと》にしている眞鍋組のシマで覚醒剤を売らせ、眞鍋組構成員に捕まえさせて、始末させようとした。

実際、藤堂の思惑通り、ことは進んでいたはずだ。

最大の想定外は高野山から降り、眞鍋組総本部に乗り込んできた朱斎だろう。聡明《そうめい》な僧侶は覚悟を決めてきたのだ。

氷川に朱斎を咎《とが》める気は毛頭ない。

「朱斎さんが悪いんじゃありません」

氷川が明瞭《めいりょう》な声で言うと、桐嶋が同意するように相槌《あいづち》を打った。

「そうや。朱斎ちゃんや、俺かてカズから朱斎ちゃんの話を聞いとったら黙ってはおらへんかった。わざわざ坊主の山に登らんでも、こっちでカタをつける手もあったんや。全部、黙って勝手に飛びだしたカズがあかんのや。一言でええ。俺に一言でええから言えばええんや。ほったら、俺がなんとかしたんや。眞鍋の色男かて手を貸してくれたわ。姐さんに核弾頭を発射されずにすんだんや」

あの日、こともあろうに、藤堂はワインに入れた睡眠薬で桐嶋を眠らせ、高野山に向かった。当然、桐嶋のみならず眞鍋組も、東京から消えた藤堂にいきり立つ。桐嶋組のシマが関西を拠点とする広域暴力団・長江《ながえ》組に狙《ねら》われていたからなおさらだ。

「藤堂さんは拙僧を助けようとしただけです」

朱斎は哀愁を漂わせ、藤堂を庇《かば》った。

「そんなんわかっとうわ。ただ、カズの助け方があかんのや。カズがあんな動き方をしたら眞鍋も俺も黙っとうわけないやんか。アホやで。なんや、ロシアの白クマまで出張ってきよるし、単純な話をどこまで絡ませたら気がすむんや。美味《うま》いたこやきにカレーとバニラアイスと苺《いちご》チョコとパクチーをトッピングしたようなもんやで」

藤堂が桐嶋組総本部から脱出した時、ロシアの白クマこと、ロシアン・マフィアのイジオットの次期ボス最有力候補のウラジーミルが来日した。冬将軍の出現に眞鍋組が慌てたのは言うまでもない。

氷川にしろ、勤務先にウラジーミルが現れたから驚愕《きょうがく》した。

「そうだよね。藤堂さんが簡単な話を難しくした。ウラジーミルは藤堂さんが恋しくて来日したけど、藤堂さんはウラジーミルの来日を利用したんだ。ウラジーミルに気を取られたら、誰も朱斎さんに意識を向けないしね」

藤堂は恋に目がくらんだウラジーミルの来日に合わせ、かねてから立てていた計画を実行したのだろう。

事実、誰も福清厳浄明院の院家の跡取り息子に注目しなかった。かつての偽坊主メンバーの一員だと判明していたが。

「そうや。カズがあかんのや。なんも言わへんからあかんのや。なんで、こないに俺をキリキリさせるんや」

桐嶋の怒りのボルテージが上がり、つられるように氷川の目つきもきつくなる。諸悪の根源は澄ましている藤堂だ。

「そうだよ。藤堂さんが悪いんだ。朱斎さんを助けるためだ、って一言でも言ってくれたら、清和くんは協力したよ。うちの清和くんはこう見えていい子なんだ」

いい子、という言葉に氷川は力む。

無言の清和からなんとも言いがたい重い空気が発散されたが、氷川はまったく気づかなかった。

「ホンマや、カズ、お前が一番あかんのや。俺を眠り姫にして坊主山に登ったのもあかんし、俺を置いて白クマに会ったのもあかん……そもそも、とどのつまり、カズが嫌いなシャブに手を出すからあかん……とどのつまり、ヤクザになるからあかんのや。芦屋《あしや》のボンボンは何度死んでもボンボンや。ボンボンはボンボンらしく生きなあかん」

藤堂は貿易商を営む名士の跡取り息子として生まれ育った。実父に生命保険金目当てに殺されかけ、間一髪で助けた桐嶋と一緒に上京したものの、だからといって、ヤクザになるような息子ではなかった。桐嶋の反対を押し切り、強引に誘われるまま極道界に飛び込んだのだ。

すべての間違いの原因が、そこにあるような気がしてならない。氷川は真剣な目で品のいい藤堂を見据えた。

極道時代、清和にさんざん煮え湯を飲ませた組長である。極道としての戦いで清和に敗れた後、忽然《こつぜん》と姿を消し、桐嶋だけでなく眞鍋組も躍起になって探したものだ。藤堂組を解散させた後、藤堂はおとなしく桐嶋のそばにいればよかった。欧州に飛ぶから話がややこしくなったような気がする。……いや、こじれたのだ。

藤堂を罵る桐嶋の気持ちが、氷川には痛いぐらいわかる。

「藤堂さんは丸く収まる話をわざと大きくしている。どうしてシンプルな幸せを壊すの」

氷川が掠《かす》れた声で言った後、いつの間に意識を戻したのか、床に突っ伏していたショウがボソリと零した。

「姐さん、人のことは言えねぇだろう」

もちろん、氷川に外野の声は聞こえない。

何かのネジが外れたのか、桐嶋のマシンガントークが炸裂《さくれつ》した。

「カズもひどいが姐さんもひどいで……いや、姐さんよりカズのほうがめっちゃひどいわ。金魚のフンになりきっとった俺を眠らせるなんて卑怯や。俺はカズが神隠しにおうたんかと焦ったんやで。俺が坊主の山に迎えに行ってもなかなか正直に喋《しゃべ》らへんかった。だまりこくって、眞鍋の色男の前でヤクザでもないのに拳銃で終わらせるつもりやったなんて、アホや。カズみたいなアホはおらへんわ。詫《わ》びの指なら俺が詰めてやんのに。俺なら指の一本や二本、なくても生きていけるんや。カズは指が一本でものうなったら、あの小難しいなんちゃらなんちゃらのピアノが弾《ひ》けへんやろや。カズはピアノを指で叩《たた》いとう時が一番楽しそうやで。俺は指がのうなってもたこやきが食えるんや。お好みも食えるんや」

真実が判明すれば、眞鍋組は藤堂や桐嶋に落とし前は迫らない。

「藤堂さんは優秀だけど賢くないよね。不幸になりたい病にかかっているような気がする。清和くんのヤクザ病よりひどいよ」

　氷川の思考回路が斜め上にかっ飛んだ。

　今の氷川に呼応するのは桐嶋だけだ。

「そうや。姐さんはええこと言うわ。カズは不幸になりたい病にかかっとんのや。カズは極めつけのMやで。MならMらしく、俺のMになればええんや。俺はカズのためなら鞭《むち》も蠟燭《ろうそく》も使いこなすで」

「桐嶋さん、藤堂さんに必要なのは鞭と蠟燭ではなくて数珠《じゅず》と法衣です」

　ポンッ、と氷川は桐嶋の肩を叩いてから藤堂を真《ま》っ直《す》ぐな視線で貫いた。

「藤堂さん、悔い改めよう。やっぱり、出家しよう。もう一度、院家さんに頼み込もう。僕も一緒に頼むから」

　斜め上にかっ飛んだ話の着地点は出家だった。氷川にとって、ありとあらゆる諸々《もろもろ》の心痛の種が、出家で一掃されるような気がする。

　出家。

　氷川にとって救いの言葉だった。

「さぁ、藤堂さん、朱斎さんと一緒にお坊さんになる算段を練ろう」

　氷川が目をらんらんと輝かせ、藤堂の腕を摑んだ。

　その瞬間、藤堂はスルリと身を躱《かわ》す。

「姐さん、実は高野山から強行軍で帰ってきました。何も食べていません。元紀と一緒に食事に行ってよろしいですか？」

藤堂の申し出に、氷川は目を瞠《みは》った。

「お腹《なか》が空いているの？」

白のスーツを着こなした紳士に、空腹という気配は微塵《みじん》も感じられない。その手があったか、と床に向かって呟《つぶや》いたのは卓だ。

「はい。ウィンナーシュニッツェルを食べたい気分です」

氷川は藤堂がなんでもないことのように口にした横文字のメニューがわからなかった。ウィーン料理だとは理解できたけれども。

「ウィンナーシュニッツェル？」

「仔牛《こうし》のカツレツです」

藤堂が艶然《えんぜん》と微笑《ほほえ》んだ時、桐嶋が驚いたように口を挟んだ。

「カズがそんなガッツリ系を食いたがるなんて珍しいやんか。よっぽど腹が空いとんのやな」

弾丸やったから無理もないわ、と桐嶋は思いだしたかのように続けた。

高野山からどうやって戻ってきたのか、氷川も容易に想像できるから、わざわざ聞く必要はない。

「わかった。藤堂さん、一緒にそのウィンナーシュニッツェルを食べようう。食べながらお坊さんになる相談をしようね」

普段の氷川ならば、ここで藤堂と桐嶋を解放したかもしれない。けれども、出家にすべての救済を見た氷川は突き進むだけだ。

藤堂は苦笑を漏らしたが、氷川に反論したりはしなかった。

結局、氷川は清和の腕を引っ張り、藤堂と桐嶋と一緒に眞鍋組総本部を出た。ウィーン料理店に向かうために。

「私もご一緒してよろしいのですか？」

氷川は仏頂面の清和とともに朱斎も引っ張りだした。

「朱斎さんがいないと話にならない。ウィーン料理を食べながら、お坊さん計画を詰めましょう。ウィーン料理にも野菜料理はあるはずです」

氷川が意気揚々と言った時、眞鍋組総本部には不似合いな高校生らしき少年が真っ赤な顔で近寄ってきた。

「……あ、お兄さん、メガネのお兄さん、やっと会えた。本郷公義《ほんごうきみよし》です」

本郷公義、と名乗ったいかにもといった真面目そうなタイプの学生には見覚えがある。先日、清和の義父母がいる橘高家に行った時、門の前で声をかけてきた高校二年生だ。

ぶわっ、とその時の情景が氷川の脳裏に蘇《よみがえ》る。彼は姿勢を正し、氷川に向かって頭を下げたのだ。

『……あの、あの、あの、怪しい者じゃありません。僕は近所に住んでいる者です』

公義は自己紹介をした後、思い詰めた形相で言った。

『……綺麗な妹さんを一昨日《おととい》も見かけて……橘高さんの家に入っていくのを見かけて……僕、僕、僕、もう……妹さんのことしか考えられなくて……夢にまで見て……勉強も手につかなくて……僕は今まで勉強ばかりしてきて……初恋もまだで……これが初恋だと思います……初恋なんです……』

公義の告白を聞き、氷川の心臓が止まらなかったのが不思議だ。橘高家に出入りしていた女性は、橘高家で養育されている裕也《ゆうや》にねだられて女装した自分しかいない。楊貴妃《ようきひ》だと、絶世の美女だと、称《たた》えられた。

『……僕に妹はいない』

氷川は女装した自分に一目惚《ひとめぼ》れした公義が哀れでならなかった。一瞬、真実を告げるべきか、悩んだものの誤魔化《ごまか》したのだ。何しろ、今時珍しいぐらい生真面目な青少年の今後に関わる。

『誤魔化すんですか？　お兄さんにそっくりですよ？　……あ、妹さんじゃなくてお姉さんなんですか？』

『……ん、諦めてください』

『……僕が高校生だから駄目なんですか？』

『彼女は妹ですが、結婚しています。諦めてください』

諦めさせるしかない、と氷川は諭すように優しく語りかけた。どうしたって、諦めてもらうしかないのだ。

『……え？　結婚しているんですか？』

『はい、夫も子供もいます。幸せな家庭を築いていますから諦めてください』

氷川には生涯の伴侶《はんりょ》と決めた清和がいるし、目の中に入れても痛くない裕也は子供に等しい。至上の幸福をみすみす手放す気はない。

『……そ、そんな……やっと巡り合った僕の理想……僕の理想の女性だったのに……幸せにしようと決めたのに……』

公義に嗚咽《おえつ》を漏らされ、氷川の心が張り裂けそうになったが、天と地がひっくり返っても応じられない。心の中で詫び続けた。ごめん、ごめんなさい、一刻も早く忘れて立ち直ってください、と。

氷川の願いは届かなかったらしい。

今現在、目の前にいる公義がすべてを物語っている。

それまで、死人のように覇気のなかった清和に一瞬にして凄《すさ》まじい迫力が漲《みなぎ》った。公義を凝視する目が恐ろしい。

「……あ？　……あぁ、君、確か、本郷公義くんだったね」

とっても危険、こんなところまで来るなんてまだ諦めていないのか、と氷川は心の中で悲鳴を上げた。

「はい、以前、一度、橘高さんの家の前でお会いしています。その節は失礼しました。ボヤボヤしていたら腕白坊主にレッドマンキックを食らうので逃げてしまいました」

裕也のやんちゃぶりは近所でも評判だ。

あの夜、玄関のドアを開けた途端、裕也は氷川の手をすり抜け、飛びだしてしまった。下半身に何もつけないまま。

「……あ、はい……当然です。裕也くんのレッドマンキックは凄いですから」

「そうなんです。あんなにちっちゃいのにレッドマンキックを食らうと立っていられない。ダメージも大きくて勉強に集中できないんです。けど、レッドマンキックを食らってもお兄さんにお願いするべきでした」

僕はお兄さんの妹さんが忘れられません、と公義は大粒の涙をポロリと零した。遅い初恋に胸を焦《こ》がしているのだ。

「忘れてください。結婚していますから」

君の初恋の相手は男だよ、男なんだよ、君が兄だと思っている僕なんだ、君はそういうタイプの子じゃない、初恋相手が男なんてショックでしょう、一刻も早く忘れて立ち直って、と氷川は心の中で必死になって訴えかけた。

が、公義にはまったく通じていない。

「離婚してください。離婚するように頼んでください」

一瞬、氷川は聞き間違いかと自分の耳を疑った。

「……え？　離婚？」

「僕が十八になるまで待っていてください。僕が十八になったら結婚してください。必ず、幸せにします」

亡《な》き曾祖父《そうそふ》から相続した別荘や貯金があるので生活費はあります、と公義は現実的なことにも言及した。清和の義母《はは》からちらりと聞いたが、公義はかなり裕福な家庭の跡取り息子だ。確か、実父は著名な大学の教授だった。

「妹に離婚する気はない。幸せなんだ」

「絶対に僕のほうが幸せにできます」

「その自信はどこからくるの？」

良家の子息で秀才となれば、どんな名家の令嬢も望めるだろうが、公義は自身のあれこれを鼻にかけるタイプではない。

それなのに。

その自信はなんだ。

「僕が妹さんを深く愛しているから」

公義が掲げる愛が辛かった。

何より、清和から漲る怒気が恐ろしい。

冷静に周りを見れば、いつの間にか、ショウや宇治、卓や吾郎といった眞鍋組の若手構成員たちも集まっていた。それぞれ、凄まじい形相で公義を見つめている。

姐さんはカズと同じぐらいタチが悪いな、ええ勝負や、と桐嶋は小声で傍《かたわ》らに立つ藤堂に囁《ささや》いている。

俺より姐さんのほうがひどい、と藤堂の涼やかな目は雄弁に語っていた。

「本当に妹を深く愛しているなら、今の妹の幸福を壊さないでほしい。妹には子供もいるんだよ」

氷川は姿勢を正し、改めて優しく諭すように言った。なんとしてでも、公義に退いてもらわなければならない。

「彼女の子供なら引き取ってもいい」

そこまで思い詰めているのか、と氷川はのけぞりそうになった。……いや、子供を引き取るという意味を理解していないと思いたい。

「君、学生の身でそんなことを軽々しく言っちゃ駄目だよ」

「好きなんです。諦められないんです。寝ても覚めても彼女のことばかり……おかしくなりそうです」

このままだとおかしくなりそう、と公義はなんとも形容しがたい瘴気《しょうき》を発散させた。

彼自身、悶《もだ》え苦《くる》しんでいるのだろう。

「ちょっとした気の迷いです。君の歳《とし》だとよくあることです」

氷川は切々とした調子で宥《なだ》めようとした。

けれど。

死ね。

氷川の耳に身の毛のよだつような言葉が矢となって突き刺さった。

悪鬼がいる。

それも一匹や二匹ではない。清和を筆頭にショウといい宇治といい卓といい吾郎といい悪鬼と化している。

ただ、人を丸呑《まるの》みしそうな悪鬼たちの口は閉じられたままだ。

誰も言葉を発してはいない。

それぞれ、心の中で発しているのだろう。

死ね、と。

氷川は悪鬼の軍団から公義に向けられる殺気に気づいた。

善良な一般市民、それも生真面目な高校生を痛めつけたりはしないと思うが、眞鍋組の男たちの殺気が凄まじすぎる。

一刻も早く、公義に諦めてもらわなければならない。この際、公義の心のダメージは無視する。

「お兄さん、気の迷い、なんて言葉で流そうとしても無駄です。僕もそうであってほしい、と思いました。そう思い込もうとしましたが無理でした。自分の心に嘘《うそ》はつけません」

「……では、公義くん、そこまで言うのならば真実を明かします。冷静に聞いてください」

氷川は意を決すると、銀縁のメガネを取った。

「はい？　お兄さん？」

公義はメガネを取った氷川の顔に目を見開く。

「僕には妹も姉もいません。君が一目惚れした女性は女装した僕です」

氷川がきっぱりとした声音で言うと、すかさず、卓がスマートフォンの画面を公義に見せた。

裕也を抱いた女装姿の氷川がいる。

「……え？」

公義の上半身が大きく揺れた。

「裕也くんにねだられて女装したんだ。ごめんね。君の初恋の相手は男だ……ううん、男だから初恋にならない。ちょっとしたアクシデントだ」

これでわかってくれたね、諦めてね、と氷川はメガネを外したまま、しみじみとした声音で続けた。

ショックなんてものではないだろうが、諦めてくれたらそれでいい。若いから立ち直ってくれるだろう。

そう思った。

そう思ったのに。

公義の反応は想定外だった。

「……あ、典子《のりこ》おばさんが言っていたことは本当だったんですか？」

清和の義母である典子に何を聞いたのだろう。氷川は極道の妻の鑑《かがみ》のような典子を瞼《まぶた》に浮かべた。

「……え？　典子さん？」

よくよく考えてみれば、公義の自宅と橘高家は近所同士だ。公義が橘高家に初恋の相手を訪ねて押しかけてもおかしくはない。

典子のことだから公義を説得しようとしてくれたのか。

「僕が一目惚れした相手は眞鍋組の二代目組長の姐で、男だ、って典子おばさんは言っていました……信じられなかった……諦めさせるために嘘をついているんだと思っていた……あんな夢みたいに綺麗な人が男だって信じられなかった……」

公義は意識を保とうとするかのように、自分の頭を叩いている。

「典子さんは嘘をついたりしない。真実です」

「お兄さんがあの綺麗な人？」

公義に掠れた声で聞かれ、氷川は大きく頷《うなず》いた。

「ごめんね」

「……橘高さんがヤクザで息子さんもヤクザだって知っています。橘高さんはヤクザでも尊敬できる人だ、ってうちの父も祖父も言っています。僕も橘高さんは尊敬しますが、息子さんはよくわかりません」

清和と公義ならば年齢的に近いから接点があってもよさそうだが、今までにこれといって交流はなかったらしい。

「ヤクザには近づいちゃ駄目だよ」

「お兄さんは普通の真面目なお医者さんでしょう。お兄さんこそ、ヤクザに関わっちゃ駄目です」

　公義に心配そうに言われ、氷川は瞬《まばた》きを繰り返した。

「……公義くん？」

「僕、男でもいい。お兄さんが初恋の相手です。やっと初恋の相手に巡り合えたんです。僕の気持ちを受け入れてください」

　ドカッ、と氷川は背中に裕也のレッドマンキックを食らったような気分になった。男でもいい、と生真面目な高校生は言ったのか。

「……僕は男だ。君は男が好きなタイプじゃない」

　落ち着いて、と氷川は両手で押さえる真似《まね》をした。

「僕は落ち着いています。おかしくなりそうなぐらい好きな人の性別はどちらでもいいです」

「性別は重要だ。血迷っちゃ駄目だよ」

　男女の性差をどうやって説明するか、どうしたら一番わかりやすいか、氷川は思いあぐねた。

　が、すでに公義は性別というハードルを飛び越えている。

「ヤクザは危険です。典子さんはせっかく妊娠していたのにヤクザの抗争で流産したと聞きました。僕が眞鍋組にお金を払いますから、僕に任せてください」

「……や、やめなさい」

氷川は横目で清和を見た。

始末しろ、と清和は刃物のような目でショウと宇治に命令している。

眞鍋組の精鋭たちは真摯《しんし》な目でそれぞれコクリと頷いた。

駄目、と氷川が叫ぼうとした時、公義はサムライのような目で泣く子も黙る昇り龍の前に立った。

「典子おばさんが『清和くん』と呼んでいた人……眞鍋組の二代目組長、あなたが眞鍋組の二代目組長ですね。お兄さんを解放してください。お兄さんにヤクザは似合わない」

公義の言葉は宣戦布告以外の何物でもなかった。

すーっ、と氷川から血の気が引いていく。

清和は尊大な目で公義を見下ろした。いい度胸だな、と心の中で応じているのが、氷川には手に取るようにわかる。

「指定暴力団の組長の愛人なんてお兄さんがお気の毒です。僕が幸せにします。今の僕はまだなんの力もない学生ですが、ゆくゆくは祖父の跡を継ぎます。僕の祖父は元外務大臣の本郷定義《さだよし》です。だいぶ前に亡くなりましたが、僕の曾祖父は元外務大臣の本郷恒義《つねよし》です」

公義は威嚇《いかく》するかのように、元代議士の祖父や曾祖父の名を出した。どうやら、政治家の家系らしい。

その気になれば、眞鍋組に圧力をかけられるということか。それ故、堂々と真正面から乗り込んできたのか。

世間知らずの高校生とばかり思っていたが、背後にはそれ相応の権力者が控えているようだ。

もっとも、清和はまったく動じない。不夜城の覇者の態度で、公義を見下ろすだけだ。一言も口にせず。

「ガキ、いい度胸だな」

威嚇するように壁を叩いたのは、眞鍋組の特攻隊長であるショウだ。

「お褒《ほ》めに与《あずか》り、恐縮です」

公義は毅然《きぜん》とした態度でショウに応じた。

「おい、褒めたわけじゃねぇ」

「時間がもったいないです。すぐに交渉に入りましょう」

僕名義の北海道《ほっかいどう》の別荘と横浜《よこはま》の洋館と目黒《めぐろ》のマンションを譲渡します、と公義は清和に向かって言った。

わざわざ確かめる必要はない。

氷川の代金だ。

「……この野郎っ」

ショウが公義を殴った。

バシッ、と。

駄目、と氷川が止める間もない。

いや、ショウが手を上げる寸前、それまで観客と化していた桐嶋が初めて口を挟んだ。

「おいおい、待てや。世間知らずのボンボンや、この白百合みたいな姐さんがそんなに安いと思うとるんか?」

「あといくら必要ですか?」

「そうやな」

せめてこれくらい積まなあかんわ、と桐嶋はこれみよがしに指を三本、立てた。あえて、金額を口にしない。

三万っていう意味の三本じゃないよね、三百万っていう意味、まさか三千万、と氷川は意味深に桐嶋の蠢《うごめ》く三本の指を見つめた。

「わかりました。祖父に頼んで、三億、用意します」

一瞬、その場が静まり返った。

氷川は口から心臓が飛びだしたかと思った。

三億。

3,000

三億円、出すというのか。

微妙な沈黙を破ったのは、三本の指を立てていた桐嶋だ。

「……おぅ、三億、出せるんか。たいしたもんやな。ガキだと思ってナめとったわ。マジに金のある家のボンボンや」

桐嶋は高らかに笑った後、公義の肩を勢いよく叩いた。

「せやけどな、三億ちゃうねん。この三本は三兆円っちゅう意味なんや。すまんなぁ。この日本人形みたいな姐さんは『楊貴妃』っちゅう仇名《あだな》がついとうねん」

歴史上、名高い三大美女のひとりならば、三兆という値がつくかもしれない。

公義に諦めさせるためとはいえ高すぎ、と氷川は心の中で苦笑を漏らした。まずもって、三兆という金が用意できるとは思えない。何より、自分にそれだけの価値があるとも考えられなかった。

しかし、予想に反し、公義はコクリと頷いた。

「わかりました。祖父に交渉します」

「……おい、三兆やで？　三兆円やで？　オンラインゲームの中の三兆円ちゃうんやで？人生ゲームの三兆でもないんやで？」

桐嶋の三本の指が震えている。

「アメリカにいる祖父の弟や従兄弟《いとこ》の力も借ります」

「たいしたもんや。そんな深窓のボンボンみたいな顔をして、集金能力はごっついあるんやな」

「僕は死んでもお兄さんをヤクザから助ける。お兄さんをヤクザから助けるためならなんでもする。僕がお兄さんを幸せにする」

公義が興奮して言い切った時、桐嶋が押さえ込んでいたショウが暴れた。同時に宇治も鬼のような顔で公義に摑みかかる。

グイッ、とその襟首を摑んだ。

が、藤堂がスマートな動作で宇治を引かせる。素人《しろうと》だ、と宇治の耳に静かな口調で囁きながら。

「僕は暴力には屈しない」

公義の絶叫は眞鍋の男たちの怒りの火に油を注いだ。

特に清和の殺気が凄まじい。

ヤれ、と清和は鋭い目で古いビルの入り口に佇《たたず》む男に命令した。

氷川の記憶にない男だが、清和の命令でどこにでも飛んでいく兵隊だろう。それこそ、不夜城の覇者は最高のヒットマンを雇うことができる。

気づけば、眞鍋組資本の前衛的なビルの二階の窓で、誰かが銃口を向けている。氷川の気のせいではない。

十中八九《じっちゅうはっく》、公義に照準が定められているはずだ。

急所を狙われているか、狙われていないか、単なる脅しか、それはわからないけれども、二代目姐を口説く輩を見逃したりはしない。あまつさえ眞鍋組の本拠地、それも総本部の前で。

これ以上、公義をこの場にいさせてはいけない。

氷川は真っ青な顔で公義を説得しようとした。

その時、桐嶋と藤堂の背後で何かが光った。

ツルッ、と。

真言宗の僧侶の頭部にライトが反射したのだ。

ツルツルッ、ピカッ、と清らかな美坊主の周りだけ空気が違う。

朱斎はかつて藤堂を眺めていた目で氷川を見つめていた。なんて罪深い、と。このような純朴な少年を惑わせるとは、と。藤堂さんのことを言えませんよ、と。

僕は藤堂さんほどひどくない、と氷川は心の中で反論しかけたが、つい先ほどまで胸を弾ませていたことを思いだした。

眞鍋組は極道の看板を下ろす。

清和は指定暴力団のトップではなく、真言宗・眞鍋寺のトップだ。

「公義くん、誤解しないでください。眞鍋組は眞鍋寺になります」

氷川が明確な声で言った途端、公義の口がポカンと開いた。どうやら、理解できなかったようだ。

氷川はゆっくりとした口調で説明した。

「弘法大師空海が開いた真言宗ってわかりますよね。真言宗・眞鍋寺です」

「…………………は？」

「清和くんは出家してお坊さんになります。眞鍋の構成員たちも全員、お坊さんになります。明日にも真言宗・眞鍋寺です……明日は無理かもしれないけど、近日中に必ず、眞鍋寺になります」

高野山の福清厳浄明院とのご縁で眞鍋寺への道が開けました、と氷川は背後に蓮華《れんげ》の花を咲かせて言い放った。

一瞬、微妙な沈黙が走る。

どこからともなく、高収入バイトの宣伝カーのアナウンスが流れてくる。ゴンッ、とのけぞったショウは頭を壁にぶつけた。

珍妙な静寂を破ったのは、ほかでもない公義だ。

「そ、そんな見え透いた嘘を……」

公義には信じられないといった風情がありありと漂っている。

「嘘ではありません。僕も得度します」

氷川が真っ直ぐな目で力むと、公義は下肢を大きく揺らした。

「……え？」

「そんなに僕を愛してくれているなら、君も僕と一緒に仏の道に進みますか？」

いくらなんでも仏門に飛び込む気はないだろう、と氷川は心の中でほくそえんだ。これで片づく。

「……ぼ、僕はクリスチャンで……」

眞鍋組構成員たちのセリフなら九割九分九厘の確率で嘘だが、公義だから本物のクリスチャンに違いない。

「隠れキリシタンだったの？」

いつどこで見聞きしたか忘れたが、キリシタンに対する拷問が氷川の脳裏を過《よぎ》った。過酷なんてものではない。

「……あ、うちに隠れキリシタンだった過去はありません。曾祖父の代からクリスチャンです」

公義の曾祖父といえば、外務大臣を務めた代議士だ。

「そうですか。曾祖父様には何かあったのでしょうね」

「……戦争に負けたショックだと、曾祖父の妹や従姉妹《いとこ》が言っていました。終戦を満州で迎えて、ロシア軍に捕まって、シベリアで強制労働させられたとか……帰国した時はガリガリだったとか……」

　激動の時代、遠いようでそんなに遠くはないし、過去の歴史でもない。戦争の爪痕《つめあと》はあちこちに残されている。氷川の患者にもシベリア抑留者はいた。

「もう今はそんな時代ではない。よかったですね。君はクリスチャン、僕は真言宗、道は違えど、世界平和を祈る気持ちには変わりません。べつの場所から一緒に世界平和を祈りましょう」

「……あ、あの？」

「覚えておいてください。清和くんはヤクザを引退してお坊さんになります。誰よりも世界平和を祈るお坊さんになりますから」

　氷川は両手を合わせ、拝む仕草をした。

「……えぇ？　本当ですか？」

　よろっ、と公義はその場でよろける。

　転倒しそうになったが、すんでのところで踏《ふ》み留《とど》まった。

「本当です。今日もこれからウィーン料理を食べつつ、眞鍋寺の話を詰めるところだったんだ」

　氷川の言葉に同意するように、朱斎が大きく頷いた。

「氷川先生の決意は固い。拙僧はお手伝いするだけです」

ゴーン、とどこかで鐘の音が鳴ったような気がした。ぐほっ、と噴きだしたのは桐嶋に押さえ込まれていたショウだ。

「……お坊さん？　ヤクザが剃髪《ていはつ》してお坊さん？」

公義は清和の頭部をしげしげと見つめた。

「そうです。うちの清和くんならば剃髪してもかっこいいと思う」

出家。

坊主。

眞鍋組の男たちだけでなく、良家の子息にもダメージを与えたようだ。なんともはや、公義の顔が言葉では言い表せない歪み方をした。

「社会のクズがお坊さん？　悪の集団が真言宗の寺？　え？　ええ？　そんな、僕の初恋の相手もお坊さん？」

予想だにしていなかった展開に、生真面目な子息はついていけないらしい。頭を抱え、その場にしゃがみこんだ。

「……これは主が与えた試練？　主は乗り越えられる試練しか与えられない……僕は乗り越える……乗り越えられる……お坊さんと……僕の初恋の相手がお坊さんになったら僕は……僕は主に試されているのでしょうか……」

氷川に公義の心情は理解できない。ほかの男たちもわからないだろう。ただ、混乱していることは間違いない。

朱斎が菩薩《ぼさつ》の如き微笑を浮かべ、公義を優しく抱き締めた。

そこだけ空気が柔らかい。

朱斎が盾になれば、眞鍋の男たちは公義に手を出さないだろう。桐嶋や藤堂も公義を庇うはずだ。

「清和くん……じゃない、清和坊、行くよ」

氷川は仏頂面の清和の腕を引き、早足で歩きだす。とりあえず、一刻も早く公義から引き離さなければならない。

そして、改めて出家の必要性を見いだした。

やはり、真言宗・眞鍋寺はすべての難問を一気に解決する手だ。

2

ウィンナーシュニッツェルではなく高野豆腐《こうやどうふ》や胡麻《ご》《ま》豆腐。

もはや、ウィーン料理どころではなかった。

氷川《ひかわ》は今すぐにでも高野山に清和《せいわ》を連れていきたい気分だが、さすがにそういうわけにはいかない。

ふたりが暮らしている眞鍋《まなべ》第三ビルに戻った。

氷川が出ていった時のまま、玄関口も下駄箱《げたばこ》も天井の高い廊下も、これといった異変は感じない。

「清和くん、お坊さんって素晴らしいね」

氷川の第一声に、清和の凜々《りり》しい眉《まゆ》が顰《ひそ》められた。

「……おい」

清和に非難されている。

もちろん、氷川はどうして清和に咎《とが》められているのかわからない。

「なんで?」

お坊さんは凄《すご》い、すべて解決する、と氷川は逸《はや》る気持ちを抑えられず、靴を脱ぎながら手を振り回した。

今、この場で清和を僧侶《そうりょ》にしたい。

朱斎《しゅさい》が眞鍋組のシマにいるからチャンスではないのか。

「……違うだろう」

本気で言っているのか、と清和は心の中で零《こぼ》しているようだ。つい先ほどまで、公義《きみよし》に向けていた物騒な気は消えていない。

「眞鍋組が眞鍋寺になったら問題が一気に片づく。あんなにしつこい公義くんも諦《あきら》めてくれたし」

公義には参ったが、出家を口にした途端、変わった。眞鍋寺化の話をしなければ、今でも公義は清和相手に粘り強く交渉を続けていたかもしれない。

もっとも、公義の名を口にした途端、清和から凄絶《せいぜつ》な怒気が発散された。

「…………」

スッ、と氷川は清和のシャープな頬《ほお》を撫《な》でた。

「清和くん、どうしてそんなに怒っているの？」

清和の怒りは静まるどころか、さらに増した。

「…………」

「社会のクズ、って公義くんに言われて悲しかったね。よく耐えたね。だから、眞鍋組を眞鍋寺にしよう」

社会のクズ、と清和や眞鍋組が罵《ののし》られたのは初めてではない。どんなに悪し様《あざま》に罵倒《ばとう》されても、愛《いと》しい男に対する氷川の気持ちは変わらない。だからといって、何も思わないわけではない。

命より大切な男が悪く言われたら悲しい。

「……そうじゃないだろう」

清和は腹の底から絞りだしたような声で言った。俺が怒っているのはそこじゃない、そういうことを言っているんじゃない、もっとほかに言うことがあるだろう、と清和の鋭い目は語っていた。

いったい僕に何を言わせたいの、と氷川は長身の男を見上げる。リビングルームに入る一歩手前で。

ふたりの視線が交差する。

身長は清和が遥《はる》かに高いが、年齢は氷川が十歳年上だ。氷川が三十になっても、清和は二十歳《はたち》である。

初めて会った時、十歳という歳《とし》の差はさらに大きかった。

二代目組長の制服ともいうべき黒いスーツが青いベビー服になる。雄々《おお》しい美丈夫がおむつをした乳児に変わった。

可愛《かわい》くてたまらない清和だ。

「……清和くん、可愛かった」

無意識のうちにポロリ、と氷川は零していた。

「…………」

「おむつでもこもこしている清和くんはすっごく可愛かった。僕の顔を見たらヨチヨチやってきてくれるんだ。僕のことがすっごく好きだったみたい」

どうして僕がいるのにそんな怖い顔をしているの、と氷川は清和の固い筋肉で覆われた胸を叩《たた》いた。

かつての清和の身体《からだ》はどこもかしこもぽちゃぽちゃしていたものだ。

「…………」

「可愛かった。本当に可愛かった。あんなに可愛い子はいない」

ガバッ、と氷川は清和を抱き締めた。昔のようにミルクの匂《にお》いはしないし、身体つきもまるで違う。

それでも、知《し》らず識《し》らずのうちに、高い高い、と在りし日のように清和を抱き上げようとした。

当然、清和の逞《たくま》しい身体はビクともしない。

「…………」

清和の表情はこれといって変わらないが、内心では困惑しているようだ。

「……あ、清和くんが大きくなりすぎて、高い高い、がもうできない」

いつの間にか僕より大きくなっていた、と氷川は逞しい清和の背中にしがみついた。二度と手放したくない。

「…………」

「清和くんは大きくなっても可愛い。この世に清和くんほど、可愛い子はいない。こんなに可愛い子がどうして危険な目に遭わなきゃ駄目なんだ」

清和が牛耳《ぎゅうじ》る不夜城は、国内の暴力団のみならず海外の闇組織《やみそしき》からも狙《ねら》われている。氷川でさえ、いくつもの闇組織の名を挙げられた。

「…………」

「なぜ、あんなに可愛い子がヤクザになっているの。いくら実のお父さんがヤクザだからって、橘高《きったか》さんに頼まれたからって、ヤクザになる必要はなかったんだ……あぁ、あのヤクザになった時のゴタゴタは藤堂《とうどう》さんの罠《わな》も絡んでいたんだよね。だからって、ヤクザの選択肢はない」

清和は眞鍋組の初代組長が愛人に産ませた子供だった。実母が愛人としての立場を弁《わきま》えず、眞鍋組を二分する騒動を引き起こし、初代組長に捨てられたのだ。

「…………」

「清和くん、本来なら君は今頃、学生だったよ。まだ二十歳《はたち》なんだし、いくらでも人生をやり直せる」

初めて会った時、清和はまだ二歳でベビー服に包まれていた。派手な実母に満足に世話をしてもらえなかった幼子《おさなご》だ。実母のヒモのような男たちに暴力を振るわれ続け、幼い清和はじっと耐え続けた。

氷川は救いたかったが、救う力がなかった。

当時、氷川は施設から裕福な氷川家に跡取り息子として引き取られたものの、氷川夫妻に諦めていた実子が誕生して、とても辛《つら》い立場に追いやられていたのだ。近所のアパートに住んでいた清和が心のよりどころだった。

今、あの時のようになんの力もない学生ではない。

名門中の名門と謳《うた》われている清水谷《しみずたに》学園大学の医学部に現役で合格し、最強の資格と称される医師免許を取得し、都内でもステイタスのある明和《めいわ》病院に勤務している。それ相応の実力はあると自負していた。

清和を学校に通わせ、養育する力は持っている。

「いい加減にしろ」

幼い清和は氷川を『諒《りょう》兄ちゃん』と呼んでいた。ボーイソプラノで。

「いい加減にしろ？　諒兄ちゃんにそんなことを言うの？」

一瞬、聞き間違いかと思った。氷川は長い睫毛《まつげ》に縁取られた目をゆらゆらさせる。

「昔話はいい」

「清和くん、反抗期？　思春期？」

氷川の記憶にある限り、可愛い清和に反抗期や思春期はなかった。清和を引き取った典《のり》子《こ》からも、そういった話を聞いた覚えがない。

「……おい」

「僕になんでも反抗したいの？」

「やめろ」

「清和くん、ふてくされていないでちゃんと聞いてよ。諒兄ちゃんは君がいなくなった夜のことは忘れられない」

医大の受験を控えた寒い日、清和は眉間《みけん》に傷のある大男に連れていかれた。それ以来、清和の行方はわからなかった。

「………」

「君と再会した時のことは一生、何があっても忘れられない。まさか、可愛い清和くんがヤクザになっているなんて思ってもいなかった」

あの日、氷川が勤務している明和病院に暴力団が乗り込んできた。屈強な男たちを従えていたのが、行方知れずになっていた幼馴染《おさななじ》みだ。

「…………」

「僕がそばにいたらヤクザにさせなかった」

泣いて叫んででも、縋《すが》ってでも、命をかけてでも、清和が極道界に飛び込むことを止めただろう。それこそ、どんな手を使ってでも。

「…………」

「いつ、清和くんにヒットマンが飛んでくるか、僕は心配で心配でたまらない」

再会して、予想だにしていなかった清和の愛を受け入れ、二代目姐《あね》としての日々を送るようになった。

日にちにしてみればそんなに経《た》っていない。

けれど、もう何十年も経っているような気がする。

一息つくまもなく、次から次へと凄絶な出来事が勃発《ぼっぱつ》したからだろう。どの抗争でも矢面に立つのはトップに立つ清和だ。

「…………」

極道を愛したから仕方がない。極道としての清和のすべてを受け入れる。眞鍋組ごと清和を深く愛する。

そう思っても、清和が危機に立たされれば決心は揺れる。

「僕は清和くんに何かあったら生きていけない」

清和くんが死んだら生きていけない、と仮定の話でさえ、愛しい男の『死』を口にするのはいやだ。

今までどうやってひとりで生きてきたのだろう。氷川家を出て以来、誰にも頼らず、自分ひとりで過ごしてきたというのに。

「清和くん、もう危険な世界から足を洗おう。仏の世界に飛び込もう。仏の世界は怖くないよ」

朱斎から聞いた仏の教えに、氷川の心は癒《い》やされた。それまで抱えていた不安や恐怖、悲しみや苦しみなどの負の感情も浄化された。

「…………」

「慈悲の心、慈悲の世界だ」

感極まり、氷川の黒目がちな目がうるりと潤んだ。つられるように涙声になる。

「…………」

清和は濡《ぬ》れた氷川の目から逃げた。

もちろん、氷川は視線を逸《そ》らした清和を逃がしたりはしない。グイッ、と清和の顎《あご》を摑《つか》み、自分に向かせる。

「朱斎さんとも話していたんだけど、年々、身寄りのない子供たちが増えているんだ。不幸な子供を引き取って育てるのも仏の教えだと思う」

ぼたん雪が降りしきる寒い夜、施設の前に捨てられていた赤ん坊が氷川だ。親の名前も顔も知らない。自分が何者かも知らない。その不安は念願の医者になっても抱いていた。しかし、清和に愛された今、自分が何者であるかという不安はない。母親がどんな女性であれ、父親がどんな男性であれ、今の自分は変わらないから。今の自分でいいから。清和に愛されている自分が最高に幸せだから。

清和を愛するために生まれてきた。

清和に愛されるために生まれてきた。

氷川には確固たる軸ができた。

今後、清和という軸がブレることはない。

「……おい」

「仏の慈悲は無限だ」

「落ち着け」

心外だとばかりに、氷川は険しい顔つきで言い返した。

「僕は落ち着いている」

「この世に仏とやらがいたら、坊主の犯罪はないはずだ」

ふっ、と清和は馬鹿《ばか》にしたように鼻で笑い飛《と》ばした。

事実、昨今、僧侶による由々しき罪が取り沙汰されている。性犯罪や詐欺など、犯罪は多岐にわたる。

「……それとこれとはべつ。朱斎さんも嘆いていたけれど、一番大きな原因は人々から信仰心がなくなったからだ。お坊さんがお坊さんとして生きづらくなっているんだよ。悪事に走ってしまったお坊さんの罪は大きいけれど、世知辛《せちがら》い世の中、それだけじゃないんだ。純粋なお坊さんを騙《だま》す奴《やつ》もいっぱいいるし……清和くん、聞いているの？」

氷川は熱弁を振るったが、清和は無表情のままリビングルームに入ってしまう。

すかさず、氷川も清和を追って、どこかの森を模したようなリビングルームに足を踏み入れた。

反射的に手を合わせる。

「清和くん、弘法大師《こうぼうだいし》様にご挨拶《あいさつ》をしよう」

弘法大師空海《くうかい》がいる。

リビングルームには弘法大師空海がいたはずだ。

「……あれ？」

リビングルームには眞鍋組の参謀から贈られた弘法大師空海の像があった。それなのに、今、ライオンの大きなぬいぐるみがいる。

ライオンだ。

弘法大師がライオンに変身したのか。

「……弘法大師様はどこ？」

フェイクグリーンの間にクマの親子は見えるが、弘法大師空海はいない。氷川は魔女と恐れられる参謀の底意地の悪さを思いだした。

三國祐《みくにたすく》、彼は眞鍋組で一番汚いシナリオを書く。

「清和くん、ひょっとして祐くんが弘法大師様をどこかに隠したの？」

なんの連絡もなく弘法大師空海の像を置き、なんの連絡もなく弘法大師空海の像を持ち去ったというのか。

一貫性のない祐の行動に氷川の思考回路はおかしくなる。

もっとも、魔女とはそういう得体の知れない策士だと知ってはいるが。

「…………」

せいせいした、と清和は心の中で呟《つぶや》いた。

……そんな気がした。

「……え、清和くんが弘法大師様をここから追いだしたの？」

氷川は驚愕《きょうがく》で声が裏返ったが、清和はまったく動じていない。

「…………」

清和の無表情からなんとなくだが感情が伝わってくる。リビングルームから弘法大師空海の像を撤去させたのは清和だ。

「……ま、まさか、弘法大師様にコンクリートを抱かせて東京湾に沈めていないよね？

そんな罰当たりなことはしていないよね？」

始末対象をコンクリートで固め、深海に沈めるのはヤクザの常套手段《じょうとうしゅだん》だ。眞鍋組も得意だと聞いた。

「…………」

清和は意に介さず、ポーカーフェイスでソファに腰を下ろす。

「どこに弘法大師様をやったの？」

氷川は清和の隣に座ると、上質のネクタイを引っ張った。

「…………」

「清和くん、答えなさい」

グイグイグイグイッ、と氷川は目を吊《つ》り上《あ》げ、清和のネクタイを引っ張る。これから仏門に入る者の所業ではない。

「…………」

「どうして、そんな悪い子なの？」

僕はそんな子に育てた覚えはないっ、と氷川はヒステリックに叫んだ。よりによって、なんてことをしたのだ。

「…………」

「すぐ、弘法大師様を迎えに行くよ。どこの海に沈めたの？」

氷川は清和のネクタイを引っ張り、立ち上がろうとした。けれど、清和は立ち上がろうとはしない。首が痛むだろうに、平然とした様子でソファに座っている。

「…………」

「東京湾でいいの？」

清和が悔い改めるまで、氷川は諭すつもりだった。まず、弘法大師空海の像を取り戻さなければならない。

「…………」

「……あ、ひょっとして、横浜かな？」

仏頂面《ぶっちょうづら》の清和から出家に対する拒絶感が伝わってきた。氷川はネクタイから手を離し、清和の胸に耳を当てる。

「もしかして、お坊さんになるのがいやなの？」

氷川の質問に対し、清和はきっぱりと答えた。

「当たり前だ」

「どうして？」

「坊主の話は二度とするな」

やっと言えた、と清和が心の中で呟いているような気がした。

氷川は清和の胸から耳を離し、その凜々しく整った顔を真正面から見つめる。

「眞鍋寺になることに賛成してくれたでしょう」

「いや」

清和は苦虫を嚙《か》み潰《つぶ》したような顔で首を振った。

「賛成してくれた。賛成してくれたとばかり思っていた」

そういえば清和くんはちゃんと返事をしてくれなかった、と氷川は今さらながらに清和の言動を思いだす。

「眞鍋を寺にはしない」

清和は血で血を洗う抗争の真っ最中のような迫力を醸しだした。ショウや宇治《うじ》、卓《すぐる》といった眞鍋組構成員たちの顔が見える。おそらく、構成員たちの願いを一身に背負っているのだろう。

氷川に悩む必要はない。

「駄目」

どんな反対があっても、眞鍋組は眞鍋寺にする。清和に必要なのは、眞鍋組のシマや構成員ではなく御仏と慈悲だ。

「眞鍋は俺がくたばっても極道だ」

清和が背後に昇《のぼ》り龍《りゅう》を浮かばせる。

……が、氷川がもの凄《すご》い勢いで吹き飛ばした。

「くたばる、なんて喩《たと》えでも言っちゃ駄目ーっ」

「…………」

「清和くん、わかってもらうまで言うよ。清和くんが出家したらすべて丸くおさまる。眞鍋寺になったら全部、上手《うま》くいくよ。もう命を狙われたりしない。ヒットマンも飛んでこない。これからつき合うのはヤクザやマフィアじゃなくて仏様だ」

ペチペチペチペチ、と氷川は清和の削《そ》げた頬を叩いた。

「坊主話は二度とするな」

「今からお坊さんになる学校に通えばいい。きっと楽しいよ」

「俺には無理だ」

俺はいやだ、という清和の本心がひしひしと伝わってくる。

「無理だと自分で決めつけているだけ……あれ？」

いつしか、清和の下肢は布越しでも明確にわかるぐらい熱くなっていた。瞬時に、氷川の頬が薔薇色《ばらいろ》に染まる。

「……清和くん、駄目だよ。弘法大師様の前で……」

そこまで言って、はっ、と氷川は気づいた。

「……あ、そうか、弘法大師様はいないのか……あ、だから、清和くんは弘法大師様を追いだしてしまったの？」

清和がリビングルームにあった弘法大師空海の像を排除した理由に気づいた。このぶんならばベッドルームにあった弘法大師空海の像もないだろう。

「………」

清和の表情になんの変化もないが、氷川には手に取るようにわかる。自分の考えが当たっていたことを察した。

「そんな理由で？」

清和に甘く蕩《とろ》けさせられた後でも、弘法大師空海の像を見た途端、氷川は我に返った。淫《みだ》らな己を恥じたものだ。

どんなに清和くんが好きでも弘法大師様の前であの行為はできない、が氷川の偽らざる本心だった。

「………」

「清和くんは弘法大師様より僕がいいの？」

氷川が掠《かす》れた声で尋ねると、清和の雪の日を連想させる双眸《そうぼう》は明瞭《めいりょう》に答えた。当たり前だ、と。

「そりゃ、僕も弘法大師様より清和くんが……ううん、比べるものじゃない。並べていいものじゃない」

真言宗の開祖と愛しい男、どだい比較するほうが間違っている。根本的にすべてにおいて違うのだ。

「…………」

俺はお前だけが欲しい、と清和から発散される雄《オス》のフェロモンが語りかけてくる。愛しい男の目は冷たいようで熱っぽい。

「清和くん、そんな目で僕を見ちゃ駄目だよ」

清和の情熱的な視線に晒《さら》され、氷川の身体の芯《しん》が痺《しび》れた。身につけている衣類が一枚残らず、脱がされているような気がする。

おそらく、清和は頭の中で氷川を裸身にしているはずだ。

「…………」

「僕も変になっちゃうから」

触れ合っているところに、ピリピリピリッ、という電流にも似た悦楽が走ったようだ。もはや氷川の身体は何も知らないわけではない。ふたつの身体がひとつになる至上の快感を教え込まれている。ほかでもない、命より大切な男に。

「…………」

仕方がない。

どうしたって、愛しい男は拒めない。

「清和くん、我慢できないね」

いちだんと清和の股間《こかん》が膨らみ、氷川の細い腰は無意識のうちに浮いていた。慌てて、ソファに座り直す。

「…………」

「あとで弘法大師様を迎えに行ってくれるならいいよ」

チュッ、と氷川は清和の顎先《あごさき》にキスをしながら、優しい手つきで清和のネクタイを解《ほど》く。仕立てのいいシャツのボタンも上から順番に外した。

「…………」

「清和くん、僕が欲しいんでしょう」

圧倒的に身体的負担が大きい氷川を慮《おもんぱか》り、清和は決して自分から性行為を求めない。若い男は死に物狂いで自分の欲望を制御しているのだ。鬼畜、と侮蔑《ぶべつ》されるヤクザは意外なくらい紳士だった。

「ああ」

「いいよ」

氷川は自分が身につけていた衣類を脱いでいった。清和の下肢の昂《たか》ぶりを見れば、いてもたってもいられなくなる。どうしたって、愛しい男には無条件で甘くなるのだ。

「いいのか？」

「うん。弘法大師様に怒られるようなことをしなければ」

氷川は上ずった声音で言った後、最後の一枚を脱ぎ落とした。明るいライトの下、生まれた時の姿になる。

「………」

「あんまりいやらしいことをしちゃ駄目だよ。弘法大師様に顔向けできない」

氷川の白い腕が清和の首に絡みつき、その冷たそうに見える唇にキスを落とす。触れるだけの優しい口づけ。

ただ、そんなキスでも清和の身体の熱は上がる。

「………」

「弘法大師様は心が広いから大目に見てくれると思うんだけど……」

弘法大師の器がどれだけ大きかったか、朱斎にちょっと聞いただけでも感動した。偉人の中の偉人だ。

「………」

「清和くん、おいで」

氷川が一糸纏《いっしまと》わぬ姿で誘えば、若い男は一溜《ひとた》まりもない。

「文句を言うな」

煽《あお》ったのはそっちだからな、と清和の獰猛《どうもう》な雄のフェロモンが発散された。姉さん女房の尻《しり》に敷かれている亭主ではない。

「優しくしてね」

「ああ」

「いい子の清和くんでいてね」

氷川はにっこり微笑《ほほえ》むと、怒張している清和の分身に手を伸ばした。ズボン越しに確かめるように触る。

その途端、さらに膨れ上がった。

「…………」

氷川は伏し目がちに清和のズボンのベルトを外し、ファスナーを下げる。愛しい男の象徴は想像を上回っていた。

「いつの間にこんなに大きくなったのかな」

これ以上、成長しないと思ったのに、氷川が白い指で揉《も》み扱《しご》けば脈を打ちながら膨張していく。

「…………」

「僕の可愛い清和くん、ずっとずっと僕の清和くんだ。僕だけの清和くんだよ」

僕以外を欲しがっちゃ駄目だよ、と氷川は今にも爆発しそうな清和の肉塊に切々と語り

KUKAI

かけた。

「…………」

「僕以外、欲しがっちゃ駄目だよ」

「……ああ」

「清和くん、おいで」

氷川は煽るように清和の膝《ひざ》に乗り上げる。

いつの間に理性が飛んでいたのか、そうすることが自然のように、氷川の秘部は清和の股間に押しつけられた。

ふたりだけの熱い時間が始まる。

3

　どこまでが自分の身体《からだ》でどこまでが相手の身体か、氷川《ひかわ》は区別できなくなっていた。自分は雄々《おお》しい男の身体の一部になっている。雄々しい男は自分の一部になっている。

「……清和《せいわ》くん……もっと……いいよ……」

　離れたくない。

「……僕から離れちゃ駄目……駄目だよ……ずっと僕と……」

　魂も身体も永遠にひとつでありたい。

　彼が自分の半身であり、自分が彼の半身だ。

「……清和くん……好き……好き……誰にも渡さない……僕だけの清和くん……」

　愛《いと》しさが募る。

「……まだ……まだ、駄目だよ……まだ僕の中……僕の中にいて……」

　身体が離れたらさらに愛しくなる。

　ここまで愛せる者ができて幸せ、僕ぐらい幸せな人間はいないんだ、と氷川は清和と愛し合う幸福を噛《か》みしめた。

　陶酔したまま、深い眠りに落ちたのだ。

目覚めた時、隣に愛しい男はいなかった。

「……清和くん？」

いつになく、荒い清和の声が聞こえてくる。

何かあったのだろうか。

関西を拠点にした広域暴力団の長江《ながえ》組が、桐嶋《きりしま》組のシマに仕掛けてきたという話を思いだした。

桐嶋組に異変があれば、眞鍋《まなべ》組は黙っていない。

氷川は震える下肢を騙《だま》し、清和の声がする部屋に向かった。

「……死んだのか？　生きているんだろう？　ガタガタぬかすな……俺は知らねぇ……あのガキがどうなろうと……あぁ？　確かに、俺も始末するように命令したが、リキが止めやがった。俺の女房も……」

いったい誰と何を喋《しゃべ》っているのだ、と氷川は真っ青な顔で立ち尽くした。清和も氷川の存在に気づく。

慌てたように、スマートフォンの電源を切った。

「……清和くん、何があったの？」

氷川が掠《かす》れた声で聞くと、清和は憮然《ぶぜん》とした面持ちでぴしゃりと言った。

「関《かか》わるな」

女は黙っていろ、が極道界の鉄則だ。二代目姐《あね》と遇されている氷川も幾度となく言われている。

けれども、黙ってはいられない。

「組のこと？　組のことじゃないよね？　ガキ？　あのガキ、って言っていたよね？」

ガキ、という言葉に胸騒ぎがした。眞鍋組総本部の前で堂々と氷川を口説いてきた高校生が瞼《まぶた》に浮かぶ。

「お前には関係ない」

清和が嘘《うそ》をつけば、なんとなくだが氷川はわかる。

「嘘、僕に関係あることだね」

氷川が清和に食ってかかった時、チェストの上にある固定電話が鳴り響いた。ここ最近、鳴っていなかったから珍しい。

絶対に何かある、と氷川は清和に止められる前、物凄《ものすご》い勢いで固定電話に飛びつく。受話器の向こう側から、聞き覚えのある声が聞こえてきた。

『このドラ息子、カタギの高校生をドスで刺すなんてどういう了見だい。私はそんな子に育てた覚えはないよ。姉さん女房にベタ惚《ぼ》れしているのは知っているが、こんなことをしたらおしまいだ。見損なったわ』

清和の義母《はは》であり、眞鍋組の大黒柱である橘高《きったか》の妻だ。清和のみならず氷川にとっても母と慕う姐である。

「……典子《のりこ》さん、僕です。いったいどうしたんですか？」

受話器の向こう側でどんな顔をしているのか不明だが、典子が怒りまくっていることは確かだ。

『おや、嫉妬《しっと》にトチ狂ったドラ息子じゃなくて、トチ狂わせた嫁かい。どうしたもこうしたもないよ。諸悪の根源は色気を振りまいた嫁だ。公義《きみよし》くんは楊貴妃《ようきひ》ばりの嫁の色気にやられただけだよ』

「典子さん、公義くんに何かあったんですか？」

まさか、まさか、そんなことはあってはならない、と氷川は受話器を握り締め直した。いやな予感しかしない。

『眞鍋のシマで公義くんがドスで刺されたよ』

氷川の胸が日本刀で刺された。

そんな気分だ。

「……え？　え？　公義くんは無事なんですか？」

『意識不明の重体さ。その場にいた元藤堂《とうどう》組組長が応急処置していなかったら、確実に亡《な》くなっていたみたいだよ』

逃げるように公義と別れてからどれくらい経《た》ったか、あのまま桐嶋や藤堂と一緒にいたのか、何がどうなっているのか、氷川は把握できない。ただ、由々しき事態が起こった。それだけは間違いない。

「藤堂さんが一緒の時に刺されたんですか？」

『桐嶋組の組長もいたみたい』

「……い、いったい誰が？」

氷川の脳裏に眞鍋組の金看板を背負う極道が浮かんだ。敵には容赦しないと恐れられている眞鍋の昇《のぼ》り龍《りゅう》だ。

清和にとって氷川を奪おうとする者は敵である。

つい先ほどの電話でも言っていたように、あの時も氷川を口説く公義の処理を舎弟に命じていた。

『桐嶋組長がヒットマンを捕まえたら自爆したらしいわ。単なるチンピラじゃないわね。通り魔的な犯行でもないわ』

典子の疑惑は実子のように大切にしている清和に向けられている。だからこそ、こうやって清和のプライベートルームの電話を鳴らしたのだろう。

典子は公義の両親と近所づきあいしているはずだ。

「……ち、違いますよね？　違いますよね？」

清和くんじゃない、清和くんであるはずがない、清和くんはそんな子じゃない、と氷川は心の中で祈るように呟《つぶや》いた。

折しも、ふたたび、清和はスマートフォンに向かって低い声で凄んでいる。どうやら、公義関係の話だ。

『嫁、あんたも心当たりがあるのね』

あんたに夢中の年下の亭主がやらせたんだろう、と典子は言外に匂《にお》わせている。

「まさか、いくらなんでも、清和くんが……」

確かに、あの時、清和はいきり立っていたが、いかんせん、相手は世間知らずの高校生だ。

『私だって思いたくないけど、うちのドラ息子以外、誰が公義くんを殺すのよ。今さら言う必要はないけど、公義くんは本当に真面目《まじめ》でいい子なのよ。近所でも評判の優等生で、あの子を悪く言う奴《やつ》はひとりもいないわ』

「そうでしょうね。公義くんは今時、珍しいタイプの子だと思います」

『公義くんのご両親は真面目でおっとりタイプでね。ふたり揃《そろ》って卒倒して大変よ』

「公義くんはどこの病院に運ばれましたか？」

なんでも、公義の父親が教壇に立っている著名な大学の付属病院に救急搬送されたらしい。名医と評判の高い教授が、公義の緊急手術を執刀したという。

さしあたって、信頼できる病院名と執刀医名に氷川はほっとした。

『嫁、私は極道の妻よ。極道の義母でもあるわ。嫁より修羅《しゅら》の世界を知っているわ』

改めて言われなくても、典子は極道界における大先輩だ。

「……はい」

『ドラ息子が公義くんにヒットマンを送っていたら私は許さない。許したくても許せないの。覚悟してもらうわよ』

典子が清和相手に日本刀を振り回す姿が、氷川の眼底に浮かぶ。怒髪天《どはつてん》を衝《つ》く理由はよくわかる。痛いぐらいわかるけれども。

「……い、いくらなんでもそんなことはしていないと……思います……」

『ドラ息子が公義くんを始末しようとしたんじゃないなら、それを証明してごらんよ。この原因を作ったのは綺麗《きれい》な嫁なんだから』

典子との電話を終えた後、氷川は桐嶋と連絡を取りつつ、素早く身なりを整えた。喉《のど》がカラカラだったが、駆け足で玄関のドアに向かう。清和には一言も告げない。

だが、清和には気づかれてしまう。

「……カタギのガキの始末なら妥当だ……自爆したならそれでいい。桐嶋組長には俺から伝える……」

清和がスマートフォンで誰かと話しながら追いかけてくる。

「……公義くんのことだね」

シュッ、と氷川は廊下にあったクマのスリッパを清和の顔面に向けて投げる。

しかし、修羅の世界で生きる男はスマートフォンを手にした体勢で難なくクマのスリッパを避《よ》けた。

「清和くん、なんで避けるの」

氷川は三和土《たたき》にあった清和のイタリア製の革靴も渾身《こんしん》の力を込めて投げる。

シュッ。

清和は憮然とした面持ちで、ひょい、と革靴攻撃も躱《かわ》した。

「……おい」

「清和くん、公義くんにヒットマンを送り込んだの？」

「どうした？」

清和は何事もなかったように言ったが、氷川の神経はささくれだった。

「惚《とぼ》けても無駄だよ。カタギで学生の公義くんにヤクザの清和くんがヒットマンを送り込んだね？」

口にすれば、静められない怒りが込み上げる。

「落ち着け」

清和の言葉と表情は、氷川の怒りの火に油を注いだ。

「落ち着けるわけないでしょう。今回ばかりは許さない。許せないよ。公義くんの意識が戻らなかったら僕にも考えがあるからね」

「……待て」

「典子さんが清和くんに何かする前に、僕が清和くんにするから」

氷川は金切り声で言うだけ言うと、玄関のドアを開けた。そのまま、エレベーターに飛び乗る。

すかさず、エレベーターのドアを閉める。

いや、その寸前、清和がエレベーターに乗り込んできた。

「清和くん、公義くんが意識不明の重体だよ」

「聞いた」

「正直に言いなさい。典子さんも清和くんがやったと思っているよ。清和くんが公義くんにヒットマンを送ったの？」

氷川が真っ赤な目で尋ねた時、エレベーターのドアが開いた。地下の駐車場には、ショウと宇治《うじ》、吾郎《ごろう》がいる。

「二代目、魔女がお呼びっス」

行ってください、とショウは地獄の亡者のような顔で清和に告げた。左右にいる宇治と吾郎の顔色もすこぶる悪い。

宥《なだ》めろ、と清和は舎弟たちに視線で合図を送ってから、スマートフォンを手にエレベーターに戻る。

ドアが閉じられた時、ショウが怪訝《けげん》な顔で尋ねてきた。

「姐さん、どうしたんスか?」

なぜ、氷川が地下の駐車場に下りてきたのか、ショウは予想がつかないらしい。

清和の横に座るようになってから、氷川の送迎係はショウであり、ひとりで勝手にあちこち出歩くことを制限されていた。

「ショウくん、どうした、じゃないでしょう」

「腹が減ったわけじゃねぇっスよね?」

ショウからニンニクの匂いがするが、今は指摘している場合ではない。

「……ショウくん、宇治くん、吾郎くん、公義くんが何者かに刺されて意識不明の重体って知っている?」

氷川が涙声で聞くと、ショウと宇治、吾郎は同時に頷《うなず》いた。すでに眞鍋組でも知れ渡っているらしい。

「ショウくん、公義くんを刺した人が誰か知っている?」

氷川は嘘がつけないショウに白羽の矢を立てた。

「カマキリ」

ショウはあっさり答えたが、隣の宇治と吾郎が顔色を変える。おそらく、カマキリという通り名のプロは眞鍋組と関係があるのだろう。

「……カマキリ？　カマキリっていう名前のプロだね？」

氷川は白い手でショウの派手なシャツを摑《つか》んだ。

「姐さん、どうしたんスか？」

「ショウくん、カマキリを知っているの？」

「はい」

ショウの返答から清和とカマキリの関係が察せられた。おそらく、カマキリは信頼できるプロだ。

「清和くんがお仕事を依頼しているの？」

「そうっス。カマキリのオヤジさんに義理があったんで、その縁で仕事を回して……っと、姐さんには関わりのないことっス。姐さんはご自分の美貌《びぼう》と二代目の美貌だけを考えてください……っと、二代目は美貌じゃなくて健康」

ショウは傍《かたわ》らの吾郎に突《つつ》かれて我に返ったらしく、髪の毛を搔《か》き毟《むし》りながら誤魔化《ごまか》そうとした。

「公義くんのヒットを清和くんがカマキリに依頼したの？」

「姐さん、そういうことをいちいち……」

氷川はショウの言葉を遮るように捲《まく》し立《た》てた。

「そういうこと？　そういうことをいちいち？　いったいどういうことなの？　清和くんが公義くんのヒットをカマキリに依頼したんだね？」

氷川は荒れる感情のまま、摑んだショウのシャツを引っ張った。宇治や吾郎は顔を引《ひ》き攣《つ》らせている。

「……ガキであっても姐さんに手を出そうとする奴は許せねぇ」

ショウは憎々しげに吐露した。

ガツン、と氷川は頭をハンマーで殴られた気分だ。

「清和くんなんだね。清和くんがカマキリとやらに依頼して公義くんを意識不明の重体にしたんだね」

氷川が青ざめた顔で確かめるように呟くと、ショウはどこか遠い目で言った。

「カマキリにしては珍しいミス……初めてのミスじゃねぇのかな……」

桐嶋組長と藤堂がいなけりゃカマキリは仕留めて上手《うま》く逃げていたぜ、とショウは見ていたような顔で言った。

同意するように、宇治と吾郎は相槌《あいづち》を打つ。

「ショウくん、どういうこと？」

「カマキリはいつも一発で仕留めていたからっス」

「一発？」

「正確に言えば、カマキリは急所を一刺しっス」

ショウの口ぶりから、公義を即死させられなかったカマキリに対する鬱憤《うっぷん》がひしひしと伝わってくる。

なんてことだ。

怒りとショックが大きすぎる。

「ショウくん、許さない。許さないよ。僕は清和くんが許せない」

断じて許せることではない。この場に清和がいたら泣き叫んでいただろう。ショウのシャツを引っ張る氷川の手が激しくなった。

けれど、ショウはまったく悪びれていない。

「カタギの学生でも姐さんを奪おうとした。それも総本部の前で姐さんを買おうとしやがった。見逃したら、二代目のメンツに関わる」

ショウは賛同を求めるように、宇治や吾郎に視線を流す。清和に命を捧《ささ》げた舎弟たちは同意するように大きく頷いた。

氷川にしてみれば、何か履き違えているようにしか思えない。

「世間知らずの高校生を笑って許せる男が本物の極道です。典子さんは清和くんをそういう男に育てたはずだよ。橘高さんは清和くんの教育を間違えたね」

何がメンツだ、あんな子供相手にヒットマンを送るほうが男としての沽券《こけん》に関わる、と氷川は目を吊《つ》り上《あ》げた。

「姐さん、あのガキは普通のガキじゃねぇっスよ」

「普通の学生です。真面目で純粋な子です」

「真面目で純粋なガキじゃねぇ。ワル時代の朱斎《しゅさい》坊主より、不純だと思うっス」

真面目で純粋な学生ならば、氷川を金で買い取ろうとはしない。それがショウの判断基準らしい。

「これ以上、話し合っても無駄かな」

氷川はショウのシャツから手を離し、スタスタと出入り口に向かって歩きだした。当然のように、背後からショウが追いかけてくる。

「姐さん、どこに行くんですか？」

「いちいちショウくんに言う必要はないでしょう」

「どこで何があるかわからないからやめてください。行き先を教えてくれたらお連れするっス」

「公義くんのお見舞いに行ってくる」

氷川の行き先は決まっている。

「無用っス」

「公義くんに清和くんがしたことを謝る」

「詫《わ》びを入れる必要はねぇっス」

「警察に通報する気はないけど、清和くんには自首してほしい……とも思わないけれど、典子さんに通報される前に僕が通報……」

氷川は感情が昂《たか》ぶり、上手く言葉にできない。

「典子姐さんはトンカツがロシア語を喋りだしても、身内をサツに売ったりしねぇっス」

「清和くんを警察に売るんじゃない。罪の清算をする……清和くんじゃなくて僕が代わりに出頭する」

氷川が金切り声で宣言した途端、ショウは豆鉄砲を食った鳩《はと》のような顔をした。

「……へっ？　姐さんが出頭？」

「僕が出頭しても無駄とは言わせない」

「無駄っス」

「なら、僕が出家する。僕が出家して清和くんの罪を償う。公義くんを惑わせてしまった僕の罪も償う」

氷川が出家を断言した時、黒のジャガーが猛スピードでやってきた。ハンドルを握っているのは桐嶋だ。

打ち合わせ通り、いいタイミングだ。

「桐嶋さん、乗せてっ」

氷川に応じるように後部座席のドアが開いた。

「清和くんも出家させる。眞鍋組を眞鍋寺にすることが償いだーっ」

氷川はヒステリックに叫びつつ、ジャガーの後部座席に飛び込んだ。

「姐さん、待ちやがれっ」

ショウがダイビングしてくる寸前、桐嶋がハンドルを大きく左に切る。固いコンクリートの壁に迫った。

「……げっ」

哀れ、ショウは壁に衝突する。

いや、さすがというか、眞鍋が誇る特攻隊長は間一髪で避けていた。もっとも、それが桐嶋の狙《ねら》いだ。

「……あ、あ、あ、姐さん〜っ」

氷川を乗せたジャガーはあっという間に眞鍋第三ビルを後にする。宇治や卓はそれぞれスマートフォンで誰かに連絡を入れていた。

ジャガーの運転席には桐嶋、助手席には藤堂、後部座席には朱斎がいる。氷川は荒い呼吸のまま、アクセルを踏み続けている運転手に礼を言った。

「……桐嶋さん、ありがとう」

桐嶋が氷川の呼びだしに応じてくれなかったら、今頃、ショウと実りのない睨《にら》み合《あ》いが続いている。

「眞鍋の色男を裏切ったつもりはないんや」

代紋《だいもん》は違うが、桐嶋と清和は何かにつけて共闘している。かつて清和が二代目組長の座を追われた時も、桐嶋は自身の危険も顧みず、真《ま》っ直《す》ぐな仁義を貫いた。

「うん、わかっている」

「今回、眞鍋の色男は……いくら姐さんにベタ惚《ぼ》れしとってもちょっとやりすぎや……」

カマキリに公義を襲わせたのは清和だと、桐嶋も推測している。辛《つら》そうな顔で眞鍋の昇り龍を非難した。

「桐嶋さんもそう思う？」

「眞鍋の色男、いったい何を焦っとんのや？」

「知らない……けど、もう駄目だ。ヤクザは絶対に駄目。清和くんはお坊さんにする。眞鍋組は眞鍋寺にする」

氷川が真剣な目で言い切ると、桐嶋は驚愕《きょうがく》したように低く唸《うな》った。

「……っ……うう……姐さん、マジか？」

桐嶋は困惑しているが、藤堂や朱斎はいっさい動じていない。ふたりともまるで予想していたかのように氷川の言葉を受け入れている。

「僕も出家する」

「マジにツルツルのピカピカりんになるんか？」

この期《ご》に及んで、桐嶋は頭髪に言及する。

「今から溜《た》まりに溜まった有休を取る」

「姐さん、マジにツルツルになるんか」

氷川は桐嶋から隣に腰を下ろしている朱斎に視線を流した。何事もなかったかのような風情だ。

「朱斎さん、今から高野山《こうやさん》に帰るのでしょう？」

「はい」

朱斎が静かに頷くと、氷川は俄然《がぜん》勢い込んだ。

「僕も連れていってください」

なんのために高野山を目指すのか、わざわざ口にする必要はない。氷川は真摯《しんし》な目で朱斎を見つめる。

「決意は変わりませんか？」

「変わりません。今回ばかりは……今回ばかりは駄目です……公義くんにはびっくりしたけど、実害はなかったんだし……諦《あきら》めてくれたのに……もう……」

氷川が悲痛な面持ちで零《こぼ》すと、桐嶋が口を挟んだ。

「姐さん、あれから俺とカズは朱斎ちゃんと公義坊ちゃんを連れてウィーン料理のウィンナーなんとかなんとかを食べに行ったんや。公義坊ちゃんはターフェルなんとかなんとかっちゅう肉料理とカイザーなんとかなんとかっちゅうご大層な名前がついた一口サイズのパンケーキを食べたんや」

桐嶋はスピードを上げつつ、氷川と清和が立ち去った後について語りだす。

藤堂の希望通り、ウィーン留学の経験があるという料理人が作ったウィーン料理を食べたという。その場にいた朱斎も呆然《ぼうぜん》としていた公義も連れて。

藤堂は公言した通り、ウィーンの名物料理である仔牛《こうし》のカツレツを注文した。朱斎は野菜やキノコをメインにした料理だ。

『……桐嶋組長さん、でしたね？　お兄さんを橘高清和さんから解放する手段はありませんか？』

公義はメインのターフェルシュピッツを食べると、自分を取り戻したかのように目の色が変わった。

『おいおい、公義ちんや、まだそないなことを言うとるんか。あのお兄さん、姐さんは眞鍋の姐さんや。諦めなあかん』

『お兄さんはヤクザに脅されているんです。橘高さんは立派なヤクザだって聞いているけれど、息子は悪いヤクザです。僕はお兄さんを助けだしたい』

『なんで、そんな考えに辿《たど》りつくんや』

桐嶋は呆《あき》れたように肩を竦《すく》めると、ウィンナーシュニッツェルを食べ終えた。付け合わせのパセリをまぶしたポテトもペロリと平らげる。

『お兄さんはヤクザから逃れるために出家する、って言っているのでしょう。眞鍋組が眞鍋寺になるとは思いません』

公義の言動に苛立《いらだ》ち、桐嶋は藤堂がまだ半分も食べていないウィンナーシュニッツェルに手を伸ばした。

藤堂も始めから自分の分を桐嶋に食べさせるつもりだったらしい。

『公義ちん、そんな妄想力を発揮せんでもええ』

『僕は眞鍋組に囚《とら》われているお兄さんを助けだす。絶対に助けだしたい』

『……な、なんや、どこかで聞いたセリフやな。そうや、姐さんがカズやったんや。公義ちんがカズに血迷った男や。ああ、またかい』

桐嶋は思いだしたかのように、横目で藤堂を眺めた。当の本人は素知らぬ顔でオーストリア産の貴腐ワインを飲んでいる。

ああ、一字一句違《たが》えずそのまま、と同意するように相槌を打ったのは朱斎だ。藤堂を巡る男たちの戦いは熾烈《しれつ》を極めた。

デザートとコーヒーが運ばれてきても、公義の気持ちは変わらなかった。

『桐嶋組長、お金なら用意しますから、桐嶋組長が僕の代理人になって交渉してください。眞鍋組に一番圧力がかけられる人は誰ですか？』

清和に最も影響力が大きいのは誰か、スポンサーは誰か、といった類いのことを公義は尋ねたという。

『公義ちん、真面目なボンボンのくせにごっついことを言いだすな』

『そうですか？　交渉の基本ではないですか？』

『おみそれしました』

ウィーン料理店を出た後、公義は桐嶋の説得を聞き入れず、眞鍋組のシマに引き返したという。

その矢先の出来事だ。

泥酔した多くの男女が騒いでいる中、公義は千鳥足の男と擦れ違った。

隠し持っていた凶器が動く。

ほんの一瞬だったという。

『……キサマ、カタギのボンに何をするんや』

桐嶋が異変に気づき、千鳥足の男の腕をねじ上げた。酔っているように見えたが、酔っていない。

『ヒットマン……キサマ、そのカマキリみたいな顔……ひょっとして、あのカマキリか？』

通り魔ちゃう、と桐嶋がヒットマンの素性に気づいた。ジリジリと人気《ひとけ》のないビルの隙《すき》間《ま》に追い込む。

『桐嶋組長をナメていた』

『誰に頼まれたんや？』

『俺がカマキリだと知っているなら愚問だ』

ぬかったぜ、とカマキリは自身の失敗を認めたかのように不敵に笑うと、その場で自爆した。

ビルの壁が破壊されたが、反射的に伏せた桐嶋にこれといった怪《け》我《が》はない。肉の破片となったヒットマンに対する情もなかった。

『カズ、無事か？』

『俺のことより公義くんだ』

藤堂は瞬時に刺された公義の応急処置を施していた。即座に救急車を呼んだのは朱斎である。

『カマキリの仕事やったら即死や』

不幸中の幸いで、即死は免《まぬか》れた。けれども、意識不明の重体だ。今でも集中治療室にいるという。

公義の両親は揃って失神し、外務大臣を務めたという祖父が手続きをしたという。そこそうだ。

まで語った桐嶋は、苦虫を嚙《か》み潰《つぶ》したような顔で溜め息をついた。

「公義ちん、マジに危ないんや。溺愛《できあい》されたひとり息子なんやて。公義ちんが逝《い》ってもうたら、オフクロさんとオヤジさんも追いそうな雰囲気や」

公義がどれだけ愛されて育ったか、いちいち確かめる必要はない。氷川は胸が張り裂けそうだ。

「……そんな」

今すぐにでも病院に駆けつけたい。

が、自分がそばにいてもなんの役にも立たないことを知っている。ただただ公義の生命力を信じるしかないのだ。

「祖父《じい》さんはさすがというか、狼狽《うろた》えてへんかったけど、ショックで血圧がヤバかったらしいわ。なんや、点滴を打たれとった」

祖父さんもヤバいんちゃうかな、と桐嶋は同情したように溜め息をつく。その場に居合わせた朱斎も辛そうだ。

「清和くんに悔い改めてもらう」

すべては清和の命令だ。

とどのつまり、清和の狭量だ。

氷川は自分のことを棚に上げ、心の底から愛しい男を非難した。何も、善良な学生にヒットマンを送り込むことはないのだ。それも即死専門の。

「言っちゃなんやけど、それで坊主はちゃうと思うで」

「桐嶋さん、つべこべ言わず、さっさと高野山に行って。モタモタしないで」

眞鍋組関係者に尾行されるとわかっていたが、案の定、それらしい車がバックミラーに映る。下手《へた》をしたら、高野山に辿り着く前に眞鍋組に連れ戻されるかもしれない。今回、ことがことだけにそれは避けたかった。

「姐さん、高野山がどこにあるか、知っとうよな」

「和歌山《わかやま》の山奥」

「そや、以前、姐さんがお医者さんごっこをしとった和歌山のまた違った山奥や。遠いんやで」

氷川が騙し討ちのような形で回された病院は和歌山の山奥にあった。心の故郷とも言うべき場所になっている。

「それがどうしたの。遠いからなんだっていうの。パスポートがいらないところでしょう。飛んで」

「あいにく、この車に羽は生えてへんのや」

かんにんやで、と桐嶋が芝居じみた声で言った後、それまで助手席の置物と化していた藤堂が初めて口を挟んだ。

「姐さん、一刻も早く朱斎さんを高野山に戻してやりたい。飛びますか？」

朱斎は高野山で大切な務めがある。藤堂が朱斎を気遣う声音には、生まれ育ちのよさが滲《にじ》みでていた。

「ヘリ？　プライベートジェット？　なんでもいいよ？」

「頼もしいお返事です」

藤堂は艶然《えんぜん》と微笑《ほほえ》んだが、運転席の桐嶋は慌てたように反論した。

「おいおいおいおい、カズ、飛んだら早いけど金がごっつうかかるんや。俺がノーパン音頭を踊っても足りへんで」

「元紀《もとき》、ここで眞鍋組に追いつかれたらどうする？」

藤堂が充分ありえることを口にすると、桐嶋は苦しそうに呻《うめ》いた。

「……うぅ……まぁ、なんとかなるやろ」

「姐さんの希望通り、一刻も早く高野山に送ってさしあげたほうがいい。眞鍋の二代目も理解してくれるだろう」

「……眞鍋みたいにヘリとプライベートジェットは飛ばせへんで」

藤堂は桐嶋の経済力を的確に把握している。

「俺に任せてほしい」

「あかん、カズ、どこの金持ちに頼むつもりや。どうせ、カズにベタ惚れした金持ち男に頼むんやろ。そんな火に油を注ぐような真似《まね》をするからあかんのや。フるならフる、カチンコチンの氷より冷たくきっぱりとフってやらなあかん。なんの未練も残らんように」

桐嶋のマシンガントークが炸裂《さくれつ》しかけたが、氷川は背もたれを叩《たた》いて制止した。そんな場合ではない。

「なんでもいいから、高野山に連れていって。邪魔が入る前に、僕は出家する」

氷川の一言により、桐嶋は行き先を変えた。最上階にヘリポートがある超高層ビルに猛スピードで向かう。

氷川には出家の道しかなかった。

もっと言えば、出家しか残されていないような気がしていた。

4

藤堂《とうどう》と桐嶋《きりしま》がコネとツテを駆使して、一番速い方法で氷川《ひかわ》を高野山《こうやさん》に送ってくれた。気づけば、門構えからして風格の漂う福清厳浄明院《ふくせいごんじょうみょういん》の前だ。

一歩、高野の地を踏みしめた瞬間、違う、と感じた。大地の感覚といい、流れる空気といい、大都会とはまるで異なる。

「藤堂さん、桐嶋さん、お参りしていかないの？」

「姐《あね》さん、カズの罪作りな話を忘れよったな」

桐嶋に咎《とが》めるように言われ、氷川は今さらながらに出入り禁止を食らった騒動を思いだした。

「……あ、そうか。藤堂さんはひどいからね」

コクコク、と氷川が頷《うなず》くと、桐嶋は顔を引《ひ》き攣《つ》らせた。

「姐さんも人のことは言えんで」

「僕は藤堂さんほどひどくないよ」

「カズもひどいが姐さんもひどい。深窓のお姫さんコンビはどっちもひどいわ。世界平和をブチ壊す秘密兵器やで」

「秘密兵器?」

氷川がきょとんとした面持ちを浮かべると、桐嶋はこれみよがしの大きな溜《た》め息《いき》をついた。

「そや、世界平和をブチ壊す秘密兵器や」

朱斎《しゅさい》の実父が院家《いんげ》を務める福清厳浄明院の前で別れる。桐嶋たっての希望により、どこかで和歌山《わかやま》ラーメンを見つけ、食べて帰るという。調べたわけではないが、高野町で和歌山ラーメンののぼり旗は見かけなかった。

「氷川先生、こちらです」

「失礼します」

朱斎に促されるまま、氷川は寺院内に進んだ。静かに歩いても、ミシミシミシッ、という音がする。

窓はあっても窓硝子《まどガラス》はない。電気は通っているものの、電化製品はひとつも見当たらない。襖《ふすま》に描かれた仙人と青龍《せいりゅう》には、そういったものに詳しくなくても圧倒された。愛染《あいぜん》明王《みょうおう》の屏風《びょうぶ》には息を呑《の》む。

いや、何より、高い天井や梁《はり》、歴史が染《し》みついた壁は素晴らしい。

「重要文化財に指定されていますよね?」

すべてにおいて、伝統を感じさせる空間だ。世界遺産とまではいかなくても、重要文化財に指定されていると思った。

「いえ」

「重要文化財じゃないんですか？」

「はい」

「……こ、これを維持するのは大変でしょう」

昔ながらの日本家屋、それも寺院の維持に大金がかかることは氷川でさえ知っている。檀家《だんか》もいないのに、どうやって維持費用を捻出《ねんしゅつ》しているのだろう。

「御仏がお守りくださっています」

現代を生きる者にとって、朱斎の返答には首を傾《かし》げる。たとえ、偏った世間で生きている氷川であっても。

「仏が寄付金を募ってくれるのですか？」

氷川の言葉に対し、朱斎は苦笑を漏らした。

「桐嶋さんも同じようなことを仰《おっしゃ》いました」

桐嶋がどんな顔で口にしたか、氷川には手に取るようにわかる。おそらく、藤堂が止める間もなかったに違いない。

「台風で屋根の瓦《かわら》が飛んだけどお金がないから修理できないとか、梁が腐りかけているけどお金がないからどうすることもできないとか、庭もお金がないから庭師に頼めないとか……チラリと聞いたことがあるので……高野山のお寺ではありませんが……」

「さようです。正直に申せば、今の時代、寺を守ることが難しくなっています」

寺を維持する難しさは、僧侶《そうりょ》が手を染めた犯罪が物語っている。聖職者であれ、霞《かすみ》を食って生きてはいけない。

「そうでしょうね」

「仏と向き合うだけです」

仏と向き合えば自《おの》ずと導かれる、と朱斎は御仏に仕える僧侶の目で断言した。有無を言わせぬ迫力がある。なんというのだろう、福清厳浄明院は朱斎の本拠地だ。

「……はい」

「こちらでお待ちください」

床《とこ》の間《ま》には観音菩薩《かんのんぼさつ》が描かれた掛け軸、襖には紅梅、一目で逸品だとわかる桐《きり》の卓、氷川はどこかの高級旅館のような一室に通された。もっとも、八畳の部屋に窓はあるが、窓硝子はないし、冷暖房も設置されていない。時節柄、心地よい風が氷川の頬《ほお》を撫《な》でる。

「うわぁ、綺麗《きれい》だな」

窓の外には池を囲むように新緑が生い茂っていた。まるで龍神がいるかのような神秘的な空気が流れている。

朱斎が高野山名物の焼《や》き餅《もち》とお茶を運んできてくれた。言うまでもなく、氷川は恐縮してしまう。

「朱斎さんにこんなことをしてもらうわけには……」

「構いません」

「……あ、虫だ」

当然と言えば当然だが、網戸のない窓から虫が入ってくる。氷川はサムライの目で立ち上がり、虫を叩《たた》き殺そうとした。

けれども、その前に、朱斎が両手で包むように虫を捕まえる。そのまま窓辺に近寄ると、自然の中に虫を帰した。

殺生《せっしょう》をしない、ということか。これも御仏の教えなのだろうか。氷川は朱斎の取った行動に感動してしまう。

「朱斎さん、僕はお恥ずかしい。虫を叩き殺すつもりでした」

「桐嶋さんもそうでした」

「桐嶋さんと一緒にされるのは心外ですが」

氷川が白皙《はくせき》の美貌《びぼう》を引き攣らせた時、年老いた僧侶が静かに現れた。紹介されなくてもわかる。名僧と名高い福清厳浄明院の院家だ。美坊主の跡取り息子とは似ても似つかないが、頭の形はそっくりである。

ツルリ、となだらかなカーブ。

ツルリ、と眩《まぶ》しい。

この世にこんな眩しさがあったのか。

ツルツルがふたりいれば、ツルツル度は増す。福清厳浄明院の院家と朱斎が並べば、神々しいまでに眩しい。頭部の輝きに気を取られていたせいか、院家の丁寧な挨拶《あいさつ》を氷川はぼんやりと聞いていた。

「……氷川先生は藤堂さんが泊まっていた部屋に」

自身の宿泊する部屋について言及され、氷川はようやく正気に戻った。光る頭部を意識している場合ではない。

「僕は出家します。出家させてください」

氷川が凛《りん》とした顔で頼むと、院家と朱斎は同じような微笑を浮かべた。その心情は摑《つか》めないが、拒絶されている気配はない。

「出家となれば……」

院家に僧籍に入る決意を確かめられていると、氷川は思って大きく頷いた。

「はい、覚悟はできています」

「覚悟ですか?」

「はい。僧籍に入る覚悟です」

「朱斎から東京の偉いお医者様だとお聞きしました」

「偉くないですが、内科医です。行をして心臓が止まった人がいたら僕が心臓マッサージをします」

氷川が毅然《きぜん》とした態度で言った時、聖域と称しても過言ではない福清厳浄明院に不吉な足音がした。

「姐さん、早まるなーっ。ツルツル尼さんになるのは待ちやがれっス」

無視したいけれど無視しようがない。眞鍋《まなべ》組が誇る特攻隊長の罵声《ばせい》だ。バタバタバタバタッ、という足音が近づいてくる。

「姐さん、ツルツル坊主になったら戻るのは大変です。髪の毛はなかなか生《は》え揃《そろ》いませんよ。ツルッパゲになってもいいことは何もないです。思い直してください」

宇治《うじ》の悲愴感《ひそうかん》が漂う声の後、吾郎《ごろう》のすすり泣きが聞こえてきた。

「姐さん、もう家出は勘弁してください。家出先が山奥の寺なんて最低です」

「姐さん、坊主になってどうするんですか。二代目は坊主になりませんよ。姐さんだけ坊主になって、姐の座をほかの女に譲り渡すんですか。二代目は清らかな夜では我慢できませんよ」

氷川の嫉妬心《しっとしん》を煽《あお》っているのは、頭脳派幹部候補として教育されている卓《すぐる》だ。バタバタバタバタッ、という足音とともにチリンチリンチリン、という鈴の音も響いてきた。

「姐さん、お坊さんごっこならこんな山奥に来なくてもできます。俺がお坊さんごっこの準備を整えましたから戻ってください。ツルツルに剃《そ》らなくても宴会用グッズでツルツルに変身できますよ」

摩訶不思議《まかふしぎ》の冠を被《かぶ》る信司《しんじ》の素《す》っ頓狂《とんきょう》な言葉が神聖な空間に響き渡った。バタンッ、バタンッ、とあちこちの戸を開ける音も耳に届く。

「うわーっ、姐さん、どこに隠れやがった？」

「まさか、もうツルツルにしていないよな？」

「ツルツルにしていたら二代目に殺されるぜ」

だだっ広い寺の中、眞鍋組の男たちは氷川を探して右往左往している。氷川はＧＰＳ機能がついた携帯電話を桐嶋に預けていた。

「……も、もう」

氷川は頭を抱え込んだ。

つい先ほどまでの聖域ムードは微塵《みじん》もない。一気に現実に引き戻された。

「藤堂さんの時に比べたら鳥のさえずりのようなもの」

朱斎の言葉はなんの慰めにもならないが、院家は同意するように大きく頷いた。

「藤堂和真《かずま》殿、拙僧の口から申すのもなんだが、あの御仁こそ、魔性の男、ですな。惑わされた男子が哀れに思えてならぬ」

そんなに藤堂さんの時はひどかったのか、そうだよね、藤堂さんを巡って決闘騒ぎがあったんだよな、と氷川は安心している場合ではない。何しろ、世にも恐ろしい言葉が耳《みみ》障《ざわ》りな音とともに響いてきたからだ。ガタガタガタガターッ、と。

「うおーっ、戸が外れやがった。こりゃ、なんだ？　デブ？」

「デブだ。草の料理ってメタボになるんだな」

「ショウ、信司、それは仏像だ。メタボじゃない」

「卓、こいつはどこからどう見てもデブじゃないか」

「姐さんや坊さんの前で言うなよ。追いだされるぜ」

もう駄目だ、いくら度量の広い院家と朱斎でも堪忍袋《かんにんぶくろ》の緒が切れる、怒らないほうがおかしい。氷川は意を決すると立ち上がった。

そして、廊下に出ると仁王立ちで叫んだ。

「ショウくん、信司くん、宇治くん、吾郎くん、卓くん、いったい何をしているの。この罰当たりーっ」

どこまでも続くような廊下では、外れた戸を手にしたショウがいた。お遍路さんの姿に扮《ふん》した信司もいる。その手には高野山のゆるキャラのぬいぐるみがある。

「姐さん、よかった。まだツルツルじゃねぇ」

ショウが戸を支えた体勢で安堵《あんど》の息を漏らすと、信司はゆるキャラのぬいぐるみを手にしたまま十字を切った。主よ、感謝します、と。

「姐さん、セーフ。セーフだ。セーフ」

　ポクポクポクポク、と吾郎は持っていた木魚を叩いている。

「姐さん、探しましたよ。早まらないでください」

　泣きそうな顔の卓の足下には仏像が転倒していた。

　揃いも揃って罰当たりか、もう何がなんだか、どこからどう突っ込めばいいのか、氷川にはわからない。白百合《しらゆり》と称《たた》えられる美貌が無残にも崩れ落ちた。

「……い、いったい何をしているのーっ」

　氷川の絶叫に眞鍋組の特攻隊長は怯《ひる》まなかった。

「姐さん、それは俺たちのセリフっス」

「この罰当たりーっ」

　氷川の気持ちはどんなに言葉を尽くしてもショウには届かない。宇治や吾郎も理解してくれない。信司はこじらせるだけだ。

　唯一、卓が辛《つら》そうな顔つきで言った。

「姐さん、お怒りはごもっとも。ごもっともです。ただ、出家は思《おも》い留《とど》まってください。出家だけは」

　卓は廊下に手をつき、頭をすりつけた。

　当然、それぐらいで氷川の決心は揺らがない。出入り禁止を言い渡されると思ったが、

院家と朱斎は慈愛に満ちた顔で微笑《ほほえ》んでいる。まさしく、生き仏だ。

「院家さん、出家するのは僕だけではありません。どうか彼らも御仏の道に導いてください」

氷川が院家に頼むと、怖い物知らずの眞鍋組の精鋭たちが低い悲鳴を漏らした。楽しそうにゆるキャラを掲げたのは信司だ。

「姐さん、わかりました。これも主のお導きです。ここで思う存分、お坊さんごっこをしていきましょう」

信司の真意を理解することは不可能だ。すべてを見抜く御仏にも無理かもしれない。ここで院家さんと朱斎さんに見捨てられたら眞鍋寺は永遠に無理、清和《せいわ》くんもずっとヤクザ、と氷川は焦燥感に駆られる。

白い頰は引き攣ったが、院家と朱斎は優しい微笑を絶やさなかった。噂通《うわさどお》り、度量が広い名僧たちだ。

「院家さん、どうか無知な僕たちをお導きください」

「氷川先生、意志は変わりませんか？」

「はい。僕は出家します。彼らも出家させます。そのために彼らは僕を追って福清厳浄明院にやってきたのです」

ここまで来たら一蓮托生《いちれんたくしょう》、と氷川は呼んでもいないのに乗り込んできた男たちを横目で睨《にら》んだ。

ヒクッ、とショウは喉《のど》を鳴らす。

「ひとまず、心を静めなされ」

「院家さん、拒むのですか？」

「明鏡止水《めいきょうしすい》、この心境に達してほしい」

池が荒れていては月は映らない、と院家は池に映る月を揶揄《やゆ》した。

「出家に対し、僕の心は荒れていません。なんの淀《よど》みもありません」

ふと、藤堂が福清厳浄明院の池で行をしていたことを思いだす。固い決意を証明するためにもいいかもしれない。

「院家さん、僕にも池で行をさせてください」

「行ですか？」

「はい。朱斎さんから福清厳浄明院の池の話を聞きました。龍がいるとか、竜宮城《りゅうぐうじょう》と繋《つな》がっているとか」

高野山に辿《たど》り着《つ》くまでの時間、氷川は朱斎から福清厳浄明院の神秘的な池についていろいろと聞いた。

俄《にわか》には信じがたい話ばかりだ。

それでも、この一種独特な空間に触れたら信じてしまいそうになる。いや、嘘《うそ》でもいい。なんでもいい。池の行が出家に繋がるのであれば。

「氷川先生、お疲れではないのですか?」

「僕は平気です」

「……ならば、行の前に禊《みそ》ぎが必要です」

院家の了解を得て、氷川は頭を下げた。

生まれて初めて、池の行に挑む。

その前に風呂《ふろ》で禊ぎだ。

氷川は大きな風呂で身体《からだ》を洗った。清和につけられたキスマークに心が乱れるが、確固たる思いで打ち消す。

そうして、行をするための白い装束に身を包んだ。

ショウや宇治、吾郎に卓に信司、といった眞鍋組の男たちも、極彩色の刺青《いれずみ》がうっすらと透けて見える白装束姿だ。それぞれ、死地に赴くような顔をしている。いや、信司は目にキラキラ星を飛ばしていたが。

院家が池の前に立った。

氷川や眞鍋組の精鋭たちも池の前に正座する。

どこかで虫が鳴いていた。

院家がお経を唱えだす。

俺はただ単に姐さんの坊主ごっこにつきあっているだけだ、ツルツル坊主になるつもりはねぇ、とショウがボソボソと独り言を呟《つぶや》いている。まったくもって、往生際《おうじょうぎわ》が悪い。

院家のお経が終わったかのように聞こえた。

その瞬間、氷川は条件反射のように腰を浮かせた。

いや、氷川を制するように眞鍋が誇る切り込み隊長が手を挙げる。どこであっても先頭を切る韋駄天《いだてん》だ。

「一番手、俺が行くっス」

ショウは勢いよく立ち上がると、池に向かって飛び込んだ。

飛び込んだと思ったが、院家に止められる。

「飛び込んではいけません」

院家は度肝を抜かれたらしいが、ショウはきょとんとした。池に飛び込むものだと思っていたのだ。

もちろん、氷川もショウにはびっくりした。

「……へっ？」

ショウは飛び込みの体勢を崩さない。

「そこにお座りなさい」

院家は優しく諭すように言うと、ショウをその場に正座させた。

「飛び込むんじゃないんスか？」

「この池に飛び込んではいけません」

「浅い池なんスね」

飛び込んだら怪我《けが》をする、とショウはショウなりに解釈したようだ。宇治や吾郎も同じ考えらしく、納得したように相槌《あいづち》を打っていた。

「そんなに浅い池ではありませぬ。竜宮城に通じている池ですから」

「竜宮城？　キャバクラに通じているんスか？」

眞鍋組のシマにも桐嶋組のシマにも『竜宮城』というキャバクラがある。その名の通り、男性客に最高の楽しみを与える店だ。

「……キャバクラ？」

おそらく、池の行の最中、キャバクラが話題に上ったことはないだろう。

「竜宮城と言えば、キャバクラっす。キャバ嬢を乙姫《おとひめ》、黒服を亀《かめ》って呼ぶっス」

「恥ずかしながら、拙僧は世俗のことには疎《うと》くてのぅ」

「金さえ出せば、殿様気分になれるっスよ。寺の池と竜宮城が繋がっているとは知らなかった。坊さんたちがここから秘密通路を使って竜宮城に通っているんスね？」

違うよ、何を言っているの、と氷川は口にしたいが、声にならなかった。舌が回らなかったのだ。

代わりというわけではないが、卓がショウを止めた。

「ショウ、姐さんがブチ切れる前に黙れ。キャバクラの竜宮城じゃない」

卓の必死の形相《ぎょうそう》に思うところがあったのか、竜宮城について正しく理解したとは思えないが、ショウはおとなしく口を閉じる。

「もう、僕が先……」

氷川はショウを下がらせ、一番手に立候補する。

院家は何事もなかったかのように目を閉じた。再び、厳《おご》かにお経を唱えだす。

心地よい季節だが、暑いわけではないし、高野山の気温は低い。おまけに、これから池の水を被るのだ。

冷たいだろう。

けれど、それが行だ。

院家がお経を唱え、氷川は無言で聞く。ショウや宇治、卓と吾郎といった眞鍋の精鋭たちも真剣だ。

もっと言えば、卓や宇治からは物凄《ものすご》い哀愁が漂ってくる。キュルルルルルル～ッ、と空腹を訴えたのはショウの腹だ。

しかし、すべての雑念を院家のお経が掻《か》き消《け》す。

お経が終わった。

院家に視線で促され、氷川が頭を下げる。

バシャッ。

氷川の細い身体に池の水がかけられた。

冷たい。

想像以上の冷たさだ。

クシュン、と氷川はくしゃみをしてしまった。

すると、院家は心配そうに手を止める。

「……大丈夫です」

苦しくなければ行にならない。辛くなければ禊ぎにならない。冷たい水ですべてを洗い流すのだ。

氷川は頭から水をかけてもらう。

「おかわり自由です」

院家は意外にも茶目っ気があり、行の回数を本人に任せる。当然、氷川はガタガタ震えだしてもおかわりを希望した。

バシャ、バシャ、バシャ。

おかわりに次ぐおかわり。

どうか公義《きみよし》くんの意識が戻りますように、どうか公義くんにひどい後遺症が残りませんように、どうか公義くんに明るい未来が開けていますように、どうか清和くんの罪をお許しください、どうか清和くんをお坊さんにしてください、どうか眞鍋組を眞鍋寺にしてください、と氷川は池の水を被りながら一心不乱に祈った。

　氷川の唇が紫色に変色する。

「姐さんが倒れるぜ。ショウ、行けっ」

　卓が心配そうに言うと、院家も同じことを考えたのか、氷川を池の前から下がらせた。これで氷川のおかわりは終わりだ。

「頼むっス」

　ショウはしおらしい態度で池の水を肩から浴びた。

「うぇっ、意外と冷てぇ。こんなのやって、いったいどんないいことがあるんだ。女と遊べるのかよ」

　ショウが憎々しげに悪態をついても、院家は生き仏の如《ごと》き微笑を絶やさない。優しい手つきでショウの頭に水をかけた。

「おかわりは何度でも自由です」

「もういらねぇっス」

　ショウはさっさと終わらせ、宇治に回した。

「お願いします」

宇治は真面目《まじめ》に水を受ける。

けれど、おかわりを希望したりはしなかった。吾郎や卓にしてもそうだ。それぞれ、水に濡《ぬ》れた身体で震えている。

最後は頭の中が花畑で、蝶《ちょう》が舞っている信司だ。

「院家さん、福清厳浄明院の池はキャバクラじゃない竜宮城に続いているんですよね。乙姫さんに会わせてください」

信司の突拍子もない要求に氷川はのけぞったが、院家はいっさい動じなかった。

「意識を集中させ、竜宮城にお行きなされ。乙姫様にお会いできるでしょう」

「……うわっ、冷たい……温泉になりませんか？」

「温泉なら白浜《しらはま》がおすすめですぞ」

「白浜ならパンダがいますね」

院家と信司は楽しそうに続けたが、ショウや宇治、吾郎、卓といったほかの男たちが激怒した。何しろ、全員、池の前で正座しているからだ。

心なしか、風がきつくなる。

氷川は寒さと正座で身体の感覚がなくなってきた。それでも、これが行だと実感できた。全精力を傾け、祈り続ける。

「信司、さっさと終わらせろよ」

ショウの怒りが爆発し、ようやく池の行が終わった。

競うようにくしゃみを連発したのは、氷川と箱根《はこね》の旧家の子息である卓だ。一番不服そうなショウは、くしゃみひとつしなかった。

その夜、氷川は藤堂がキープし続けた部屋に泊まる。襖を一枚、隔てた部屋には、ショウや宇治、卓や吾郎、信司といった眞鍋組の男たちの布団が敷かれた。曰《いわ》く『姐さんが帰るまで帰れない』だ。

夕食は手の込んだ精進料理である。

「胡麻《ごま》豆腐って美味《おい》しい」

旬の野菜の天麩羅《てんぷら》があるので、氷川には充分すぎるボリュームだが、食欲旺盛《しょくよくおうせい》な男たちには不評だ。ショウが忌《い》ま忌《い》ましそうにタマネギの天麩羅を箸《はし》で刺す。

「肉がねぇ」

「ショウくん、聖域です。身も心も綺麗にしましょう」

昔のように僧侶の肉食は禁じられていないが、朱斎にしろ院家にしろ菜食主義だ。つき合いなどで肉や魚を食べることはあるらしいが。

「確か、坊主の山でもトンカツが食えたっス」

「不満なら、明日にでも高野山を下りなさい」

僕は高野山から下りないけど、と氷川は酢の物に箸を伸ばしながら言った。出家する意志は変わらない。

「姐さん、今日の池の行で懲りてねぇんスか。姐さんに坊主は無理っス」

ちっ、とショウは腹立たしそうに舌打ちをした。普段、暴走族上がりのヤクザとは思えないぐらい、二代目姐にも礼儀を払うが、健康的すぎる料理のせいか、やけにピリピリしている。

隣の宇治や吾郎も、トンカツが恋しそうだ。これはハンバーグ、と高野豆腐に向かって呟いているのは信司だ。

「無理じゃない。僕はお坊さんになる」

「医者は辞めるんスね？」

「医者は辞めない」

氷川は内科医と僧侶という二足の草鞋《わらじ》を履くつもりだ。どちらも命に接する仕事だから無理だとは思わない。

「絶対に無理っス」

「ショウくんたちが邪魔しなければできる。僕と一緒に出家する気がないなら東京に帰りなさい」

　お帰り、とばかりに氷川は出入り口の襖を差した。

「姐さんをツルツルにするわけにはいかねぇんスよ」

「止めても無駄だよ」

　氷川が何度目かわからない決意表明をすると、卓は山芋の梅酢和《うめずあ》えの小鉢に手を添えつつ、さりげない口調で言った。

「姐さんはツルツルになっても綺麗だと思いますが、ツルツルになったら魅力が半減するかもしれません」

「卓くん、何が言いたいの？」

「二代目の心が変わったらどうしますか？」

　二代目が浮気したらいやでしょう、と卓は言外に匂《にお》わせている。言わずもがな、氷川の嫉妬心を刺激し、揺さぶろうとしているのだ。

　魔女こと祐《たすく》に教育されている卓の魂胆はわかっていた。焼き餅焼きの氷川にもちゃんとわかっていた。今夜は引っかかったりはしない。

　引っかかってなるものか、と氷川は根性にハチマキを捲《ま》く。

「清和くんも出家させるから大丈夫」

　僧侶になるのは自分だけではない。半身ともいうべき清和にも墨染めの衣を着せるつもりだ。

　がっくりと卓は肩を落とした。

「姐さん、そればかりは……」

　卓は座布団を外すと、畳に手と頭をすりつける。

　もちろん、氷川は卓の懇願に揺れたりはしない。

「清和くんはお坊さんになって悔い改めるしか道はない。僕が責任を持って反省させるからっ」

　氷川は固い決意を表すかのように、ポリポリポリッ、と勢いよく人参《にんじん》のぬか漬けを咀《そ》嚼《しゃく》した。

　埒《らち》が明かないとばかり、卓は味噌汁《みそしる》に口をつけた。宇治や吾郎は最初から会話に加わろうとはしない。

　なんの前触れもなく、カンカンカンカンカン、とショウは箸で皿を叩いた。

「姐さん、わかったっス」

　やっと理解してくれたのか、と氷川の胸は弾んだ。

「ショウくん、わかってくれた？」

「わかった。わかったっス。姐さんの気持ちはよ〜くわかったっス。不肖、宮城翔《みやぎしょう》、よ〜くわかったっス」

ショウは目の中に灼熱《しゃくねつ》の炎を燃やし、勢いよくその場に立ち上がった。まさしく、向かうところ敵なしの切り込み隊長だ。

「わかってくれたんだね」

つられるように、氷川も頬を紅潮させて立ち上がった。清和のみならず眞鍋組の幹部の信頼が厚いショウの賛同を得れば心強い。

「姐さんの気持ち、受け取りました」

バンッ、とショウは自分で自分の分厚い胸を叩く。

「ショウくん、ありがとう」

氷川はショウの手を取った。

感謝を込めてぎゅっ、と握る。

「姐さん、そんなにツルツルになりたいならツルツルになればいいっス。ツルツルにするのは頭の毛じゃなくて下の毛っス」

一瞬、氷川はショウが何を言ったのか、まったく理解できなかった。無意識のうちに、耳が拒絶したのかもしれない。

「……は？　ショウくん？」

ショウの手を握っていた氷川の力が抜ける。

「ツルツルに剃るなら頭じゃねぇ。下っス」

ショウは視線を氷川の艶《つや》のある髪の毛から股間《こかん》に下ろした。冗談を言っている気配は微塵もない。

「……ショ、ショウくん？」

氷川の中で何かが音を立てて崩れていく。

ショウの言葉に賛同するように、宇治や吾郎、卓、信司まで畳に頭を擦《こす》りつけた。清和の舎弟たちが団結する。

「下をツルツルに剃るの、俺たちは手伝えません。美容師にも剃らせないでください。姐さんご自身で下をツルツルにするか、二代目にツルツルにしてもらうか、どちらかっス……できれば、二代目に下をツルツルにさせてやってくれっス。それも男のロマンっス」

ショウは荒い鼻息で捲《まく》し立《た》てた。

何がツルツルだ、わかった、わかったと言ってくれたのはそういうことだったのか、全然わかっていないじゃないか、どこがどうわかったというのだ、と氷川の怒りが盛大に爆発した。

「ショウくん、弘法大師《こうぼうだいし》様のお膝元《ひざもと》でなんてことを言うのーっ」

格式の高い福清厳浄明院に、耳をつんざくような氷川の罵声が響き渡った。高野山で初めての夜は静かに更けない。

氷川の決して負けられない戦いは続く。

5

寺の朝は早い。

氷川《ひかわ》は本堂で行われる朝の勤行《ごんぎょう》に参加した。

つき合いがいいというのか、見張るためなのか、理由は定かではないが、卓《すぐる》と吾郎《ごろう》、信《しん》司《じ》も朝の勤行に出た。

福清厳浄明院《ふくせいごんじょうみょういん》のご本尊は不動明王《ふどうみょうおう》だ。

院家《いんげ》がお経を唱え、氷川は必死に拝む。

足が痛《いて》ぇ、と吾郎が正座に白旗を掲げた。信司は最初から足を崩している。院家や朱斎《しゅさい》は一言も注意しない。

朝の勤行が終わり、本堂から出た時、長い廊下の端からショウと宇治《うじ》が物凄《ものすご》い勢いで走ってきた。

「やべぇ、寝坊したっ」

ショウはただ単純に寝過ごしたらしい。

「坊主になった姐《あね》さんの夢で疲れ果てた」

宇治は夢の中でも氷川に振り回されたらしい。何かに取《と》り憑《つ》かれたかのように、目の下のクマがひどかった。

「姐さん、姐さん、姐さんの髪の毛、姐さんの髪の毛は無事かーっ？　姐さんが剃《そ》ってもいいのは下の毛だけだーっ」

ドドドドドドドッ、と眞鍋《まなべ》組の精鋭たちが古い廊下を走れば、ミシミシミシミシッ、とあちこちが軋《きし》む。

今にも廊下の床が抜けそうだ。

「ショウくん、宇治くん、そっと歩きなさいーっ」

朝の勤行で心を静めたのも束《つか》の間《ま》、氷川はヒステリックに大声で叫んだ。高野山で初めて迎える朝は騒々しい。

氷川の清楚《せいそ》な美貌《びぼう》は崩れっぱなしだが、院家や朱斎は菩薩《ぼさつ》のように微笑《ほほえ》んでいる。人としての器が違うのかもしれない。

一言も咎《とが》めず、部屋に朝食を用意してくれた。温かい茶粥《ちゃがゆ》だ。

「美味《おい》しい」

何種類もの佃煮《つくだに》や漬物と一緒に食べる茶粥は絶品だった。サラサラ～ッと、食の細い氷川も楽に食べられる。

しかし、食欲旺盛《しょくよくおうせい》な若い男たちには不評だ。

「朝も肉がねぇ。卵もねぇ」

「せめて魚があれば」

「チーズでもいい」

「ハムかソーセージの茶粥だったらまだ食えたぜ」

文句をたらたらと零《こぼ》しつつ、それぞれ茶粥を掻《か》き込《こ》む。物足りないだけで、素朴な味を美味しいと感じているのだろう。

大きな鍋《なべ》いっぱいに茶粥が作られていたが、眞鍋の男たちはペロリと平らげる。

「食い足りねぇ」

ショウが情けない顔をすると、卓が人数分のコーヒーを淹《い》れた。

部屋にはポットが用意され、コーヒーや紅茶、緑茶のティーバッグとともに高野山名物の和菓子が置かれていたのだ。

もちろん、コーヒーや和菓子でショウの胃袋は満足しない。

「姐さん、トンカツ」

トンカツに見えるのか、ショウは座布団に噛《か》みついた。

氷川は慌ててショウから座布団を取り上げる。

「ショウくん、だから、そんなにトンカツが食べたいなら帰りなさい」

「姐さんも一緒じゃねぇと帰れねぇっス」

「しつこい。いい加減にして」

氷川はありったけの力を振り絞り、ショウの歯から座布団を奪い取った。宇治と吾郎は虚《うつ》ろな目で窓の外を見ている。

ちょうど、僧侶《そうりょ》の団体が窓の下を通っていた。

「いい加減にするのは姐さんのほうっス」

ショウに恨みがましい目で睨《にら》まれたが、氷川はまったく動じなかった。ボスッ、と手にした座布団でショウの頭部を叩《たた》く。

「僕は怒っています」

「二代目が怖い」

「それが？」

「魔女はさらに怖い。今頃、二代目は魔女にバーベキューにされているかもしれねぇっス」

魔女こと祐《たすく》の怒りが向けられた相手は、火刑になっても不思議ではない。たとえ、眞鍋組の金看板を背負う清和《せいわ》でも。

「自業自得」

「……あ、姐《ほ》さん？　二代目っスよ？　姐さんの大事な二代目が火あぶりっスよ？」

あんなに惚れていたのは誰だ、とショウは腰を抜かさんばかりに驚いた。傍《かたわ》らで聞いていた卓も驚愕《きょうがく》で腰を浮かせる。

「清和くんは決してしてはいけないことをしてしまった。今回ばかりは……」

　ボスボスボスッ、と氷川は悲しみを込めた座布団攻撃を食らわせる。

「悪いのは姐さんとあのガキッス」

「悪いのは清和くんでしょう。いつの間にあんな悪い子になったの。昔はいい子だったんだよーっ」

　氷川とショウの言い合いは平行線を辿《たど》ったまま、なんの解決も見なかった。最初から、お互いに引く気がないのだから当然だ。

　それでも、出家を目指す者として、福清厳浄明院の掃除を手伝う。

　もっとも、掃除は一苦労なんてものではない。いったい何部屋あるのか、どこまで廊下が続いているのか、見当もつかない広さだ。広々とした庭の手入れも骨が折れる。

　これも一種の修行だろうか。

「……あれ？　ショウくんや宇治くんは？　信司くんも吾郎くんもいないね？」

「姐さん、疲れませんか？」

「卓くん、誤魔化《ごまか》そうとしても無駄だよ。ショウくんや宇治くんや信司くんや吾郎くんはどこに行ったの？」

「奥の院にお参りに行きました」

「嘘《うそ》ばっかり。掃除をサボって何を……」

予感が走った。

ガタガタガタガタッ、という耳障《みみざわ》りな音が本堂のほうから聞こえてくる。氷川にいやな予感が走った。

ダダダダダダダダッ、とショウと宇治が本堂から飛びだしてくる。それも口に饅《まん》頭《じゅう》を咥《くわ》えて。

「……ショ、ショウくん？　宇治くん？　いったい何をしているの一っ？」

眞鍋組の幹部候補たちは本堂で何をしたのか。

口の周りにこびりついている小豆《あずき》あんを見れば自《おの》ずとわかる。ショウの左手にはカステラもある。

まさか、盗み食いか。

それもお供えの盗み食いか。

氷川は悪い夢でも見ているような気がした。あってはならないことだ。仮にも出家を目指している身で。

けれど、ショウと宇治はまったく悪びれてはいない。

「姐さん、たいしたブツはなかったっス」

モグモグ、ショウは饅頭を咀嚼しながら堂々と言った。宇治はバツが悪そうに顔を伏せているが。

「まさか、まさか、まさか……まさか、とは思うけど、お供えを食べたの？」

氷川は顔から倒れそうになったが、箒《ほうき》を杖代《つえが》わりにして踏《ふ》み留《とど》まった。こんなところで倒れている余裕はない。

「姐さん、だから、まともなもんがねぇっス」

よくよく見れば、ショウのポケットにはサツマイモの和菓子も突っ込まれている。

「まともなもん？」

「ギョーザやトンカツとまでは言わねぇけど、せめて牛丼《ぎゅうどん》ぐらいあってもいいんじゃねぇっスか？」

ショウの言葉が隕石《いんせき》となり、氷川の頭上に落ちた。

「……こ、こ、こ、こ、こ、この罰当たりーっ」

氷川は手にしていた箒でショウに殴りかかった。暴力は嫌いだが、無意識のうちに手が動いていたのだ。

シュッ。

が、眞鍋の若き精鋭には難なく躱《かわ》されてしまう。

「姐さん、そんなに怒ったら髪の毛が抜けるっス」

怒りっぽい奴《やつ》はハゲ率が高いんスよ、とショウは心配そうに続けた。氷川の激怒した原因に気づいていない。

「ショウくん、僕がどうして怒っているのかわからないの？」

　トントントントントントントン、と氷川が威嚇《いかく》するように箒で廊下を衝《つ》くと、ショウは忌《い》ま忌《い》ましそうに舌打ちをした。

　ちっ、と。

「デブの銅像があるところじゃなくて、台所を狙《ねら》うべきだった。抜かったぜ」

　デブの銅像とはなんだ。

　ショウが出てきたのは本堂だ。

「デブの銅像？」

「電気がない部屋の中央にデブの銅像がありやがった」

　今時、珍しいが、福清厳浄明院の本堂には電灯がない。創建した当時のまま、本堂の明かりは蠟燭《ろうそく》だけだ。

　本堂の中央に鎮座しているのは不動明王である。

「……そ、それはご本尊の不動明王様です。今すぐ、不動明王様にお詫《わ》びしなさいーっ」

　氷川は怒りに任せて箒を振り回した。

　ガツンッ、とようやく箒がヒットした。

　しかし、箒が仕留めたのは罰当たりなショウではない。宇治でもない。清らかな朱斎であった。

「……あ、あ、あ、朱斎さん？」

氷川の心臓が止まった。

完全に止まった。

心臓マッサージが必要だ。

止まったかと思ったが止まっていなかった。

「氷川先生、尋常ではないお怒りよう、どうされました？」

朱斎は箒で殴られても、慈愛に満ちた微笑を浮かべている。これこそ、慈悲の心なのだろうか。

「……す、すみませんっ」

氷川は泣きそうな顔で朱斎に謝罪した。

「どうなさいました？」

「本当に申し訳ありません」

言葉の謝罪だけではすまない。いったいどのような形を取ればいいのか。極道界では指を詰めるが、仏教界ではどんな形を取ればいいのか。

「顔をお上げください」

「この落とし前は指？　指ですか？　ヤクザみたいな指ですか？」

「落とし前など、求めていませんよ」

氷川は心の底から詫びたが、罰当たりなショウと宇治は逃げてしまう。呼び止める間もない。

朱斎は例の如《ごと》く笑って許してくれるが、氷川はどうしたってていたたまれない。

「眞鍋組のショウと言えば、藤堂《とうどう》さんが欲しがっていた鉄砲玉です。バイクで突撃しないだけおとなしい」

悪の道に染まった過去がそうさせているのか、朱斎は眞鍋組の幹部候補たちの悪行を一笑した。

「……朱斎さん？」

「あのショウと宇治がお供え物のつまみ食いなど、可愛《かわい》いじゃありませんか……あの狂犬と腕自慢の兵隊が……」

朱斎が高らかに笑ったので、氷川は目を白黒させた。

「……あの？　あの？　あの？」

「可愛いですね」

「あの罰当たりが可愛い？　可愛いんですか？」

「はい。少し見ない間に、可愛くなりました。姐さん……氷川先生の影響でしょう」

慈悲の心は宇宙より広いのかもしれない。

今までに福清厳浄明院の本堂のお供えを盗み食いした輩《やから》がいるのか。いないのか。氷川は恐ろしくて確かめる気にもなれなかった。朱斎が箒で殴られたことも。

贖罪《しょくざい》のためにも、自身の心を落ち着かせるためにも、氷川は裏庭の草むしりに立候補する。ショウと宇治を止めなかった卓も連れて。

「……も、もう、どうしよう……なんて罰当たりな……ショウくんと宇治くんがあんなに罰当たりなんて思わなかった……」

ブチッ、と氷川は泣きそうな顔で生い茂った雑草を摘んだ。

だいぶ前から福清厳浄明院は多忙を極め、裏庭の手入れが滞っていたという。それ故、裏庭はどこかの樹海に等しかった。

「姐さん、仕方ないですよ」

卓は頰《ほお》に飛んだ土を手ぬぐいで拭《ぬぐ》いながら答えた。

昨日、池の行の時は寒かったが、今日は打って変わって真夏のような暑さだ。卓も氷川も、朱斎から渡された手ぬぐいを頭から被《かぶ》った。せめてもの陽差《ひざ》しよけである。異常気象が取り沙汰《とざた》されて久しい。

「仕方がない、じゃない。こんなことで出家できると思うの？」

白百合《しらゆり》と称《たた》えられた美貌が、頭から被った手ぬぐいで霞《かす》む。もっとも、氷川は自分の姿など、まったく気にしていない。

哀愁を漂わせているのは、同じく端整な容姿をくすませている卓だ。

「出家は無理だと思います」

「無理じゃない。出家するの」

「姐さん、考え直してくれませんか」

「いやっ」

ブチッ、と氷川が力任せに背の高い雑草を抜いた途端、卓の顔に草の汁が飛んだ。決していやがらせではない。

卓も顔に飛んだ草の汁に動じなかった。

「冷静に考えてください。あのショウや宇治、二代目に出家は無理です」

「卓くん、まさか、罰当たりの所業の数々は眞鍋寺を阻止するため？」

はっ、と氷川は思い当たった。

「ショウにそんな頭はないと思います。ただの飢餓《きが》状態ですよ」

卓に言われてみればそうだ。そんな計画性を持ち合わせていたら、単純単細胞アメーバと、揶揄《やゆ》されていなかっただろう。

「僕もそんな気がする。宇治くんまで盗み食いなんて……」

「もし、二代目もいたら、一緒に盗み食いに励んでいたかもしれません」

卓に煽《あお》るように指摘され、氷川の瞼《まぶた》に本堂に忍び込む清和が浮かんだ。まずもって、雄々《おお》しい美丈夫は今朝のような茶粥では足りない。

「清和くんの罰当たり。やっぱり、教育が必要だ」

　僕が躾《しつ》け直《なお》す、と氷川は目の前の雑草を引き抜いた。根にミミズがいても慌てたりはしない。

「姐さん、そうじゃなくて……」

　卓は土がついた手で頭を抱え、はっ、と気づいて手を止めた。

「それでショウくんと宇治くんは？　信司くんと吾郎くんもいないよね？」

　氷川はきょろきょろと辺りを見渡したが、生い茂る草木の中に眞鍋組の若い男たちはいない。虫の気配があるぐらいだ。

「大目に見てやってください」

「まさか、ほかのお寺の盗み食いをしているの？　お供えにショウくんたちの食べたいものはない、って言ってほしい」

　まかり間違っても、ギョーザやトンカツ、ステーキやハンバーグは供えられていない。罪を重ねるだけだ。

「……っ、いくらショウたちでもほかの寺のお供えには手を出さないと思います」

　そこまで馬鹿《ばか》じゃない、と卓は仲間たちを庇《かば》った。あまりフォローになっていないけれども。

「じゃあ、どこのお供えを狙っているの？」

　盗み食いのショックが大きすぎて、氷川の頭から供物が離れない。

「姐さん、お供えを忘れてください」

「お供えじゃなきゃ、どこかのお寺の台所に忍びこんでいるの？」

氷川の脳裏に福清厳浄明院の冷蔵庫を漁《あさ》るショウと宇治が浮かんだ。ひょっとしたら、信司もいるかもしれない。

「信司と吾郎は食い物の調達に出ました。どこかで何か買ってくると思います」

落ち着いてください、と卓はなんとも言いがたい悲哀を漂わせる。肩に虫が止まっても払おうともしない。

「……あぁ、そうか」

「ショウと宇治はどこかで食べてくるんじゃねぇかな」

「そうだね。高野山にも飲食店はあるよね」

世界遺産になったからではないだろうが、年々、高野山を訪れる観光客は増え、観光化は進んでいるという。若手僧侶による新しいプロジェクトも始まっているそうだ。

「はい。外国人観光客が多いから、それらしいメシもあると思います」

「そっか……お供えの盗み食いじゃなきゃいい」

氷川は自分に言い聞かせるように呟《つぶや》いた後、青々としている雑草を摑《つか》んだ。そのまま引き抜こうとしたが抜けない。

「……姐さん、カマかなんか、借りたほうがいいんじゃないですか？」

「雑草は根っこから抜かなきゃ意味がないし」

「除草剤を使えばいいのに」

卓はもっともな方法を口にするが、氷川は院家や朱斎が除草剤を避ける理由がなんとなくわかる。

「できるだけ、昔と同じようにしたいみたい」

いつから除草剤が使われるようになったのか不明だが、福清厳浄明院が建立された時にはなかっただろう。

「そういうことですか」

「これも行のひとつだって」

「なかなかハードな修行ですね」

氷川と卓は力を合わせ、しぶとい雑草と戦った。けれども、華奢《きゃしゃ》な日本人形と学生風の良家の子息のタッグは危なっかしい。

「……ど、どうしてこういう時に清和くんが……清和くんがいないの……」

雄々しい清和の姿が脳裏を過《よぎ》った時、卓のふんばりによってやっと雑草が抜けた。しかし、その拍子に氷川は腰を抜かしてしまう。

「……うわっ」

氷川は土をもろに被った。

「姐さん、大丈夫ですか?」

「……うん……草むしりも重労働だね。これこそ、行だ」

「……か、顔……顔に泥が……」

「卓くんの顔にも泥」

氷川と卓がお互いの泥まみれの顔に苦笑を漏らした時、信司と吾郎が買い物袋を下げて入ってくる。

信司は軽い足取りで近づいてきた。

「姐さん、高野山にもコンビニがありましたよ。弁当屋もありました」

信司は朗らかに言ったものの、氷川と卓の顔を見た瞬間、甲高い悲鳴を上げた。

「ひ～っ、泥お化けがいる～っ」

ドサッ、と信司は手にしていた買い物袋を落としてしまう。中身は弁当だ。吾郎も買い物袋を持ったまま硬直していた。

「福清厳浄明院に取り憑いているお化け?」

悪霊退散、と信司は般若心経《はんにゃしんぎょう》を唱えだした。

摩訶不思議《まかふしぎ》の代名詞に、こんなことぐらいで動じない。氷川は泥まみれの顔を拭おうともせず、信司に向かって言い放った。

「信司くん、お経を唱えている暇があったら草むしりを手伝って」

「……あ、あれ？　姐さんがお化けになっちゃったんですか？」

信司の言葉を真に受けてはいけない。真剣に考えるだけ無駄である。ただ、無視することは危険だ。

「どうして僕がお化けを食べるの？」

お化けを食べた、と吹聴《ふいちょう》されたら困る。誰も信じたりはしないだろうが、噂《うわさ》はどこでどんな尾鰭《おひれ》がつくかわからない。

「朝ご飯が寂しかったから」

「朝ご飯は充分だった」

「充分なのになんで泥お化けを食べたんですか？」

「信司くん、僕も卓くんも泥お化けなんて食べていないから」

氷川はそこまで言った後、信司と吾郎の背後に現れた若い美女に気づいた。裏庭に漂うワビサビの雰囲気が、華やかな彼女の存在で一変する。

「眞鍋組の二代目姐ですね。姐さんに家庭菜園の趣味があるとは知らなかったわ」

華やかな美貌とは裏腹のハスキーボイスであり、イントネーションが違った。一見、日本人に見えるが、その目鼻立ちやムードには異国情緒がある。

「家庭菜園？」

氷川が怪訝《けげん》な顔で首を傾《かし》げると、華やかな美女は神妙な態度で名乗った。

「初めまして。私は楊《よう》一族のエリザベスです」

氷川は初めて聞く名前だが、卓には凄絶《せいぜつ》な緊張感が走る。エリザベスに後ろを取られた吾郎にしてもそうだ。

「楊一族のエリザベス？」

「香港《ホンコン》の楊一族のエリザベス、って言ったらわかるかしら」

香港の楊一族という組織は、氷川も耳にした覚えがある。香港において表社会でも裏社会でも力を持つマフィアだ。今のところ、眞鍋組のシマに乗り込んできたという噂は聞かないが、先はまったく読めない。

何より、どうしてここにいるのか。なぜ、この場に乗り込んできたのか。どんなに楽観的に考えても観光とは思えなかった。

「……香港の楊一族……あ、香港のマフィアの楊一族？」

「そうよ。私が日本を任されたの。不景気だって聞いたけど、日本にはまだ底力があるわね」

日本を任されたとはどういうことだ、と氷川が目くじらを立てる必要はない。心を静め、エリザベスを見つめた。

「……香港マフィアのエリザベスさんがなんのご用ですか？」

エリザベスは大輪の牡丹《ぼたん》のような美女だが、鋭い棘《とげ》を持っていることは間違いない。

「姐さんも知っているでしょう。楊一族の頭目がイジオットのウラジーミルにはめられたわ。楊一族は裏切りを許さない」

エリザベスの華やかな美貌に激烈な怒りが走った。背後に何本もの火柱が立ったような気がする。

「……あ、あの？」

イジオットのウラジーミルといえば、藤堂絡みで何かと因縁のあるロシアン・マフィアの次期トップの最有力候補だ。

「何が皇帝よ、何が皇太子よ、何がロマノフ王朝の復活を夢見るお貴族様よ、やっていることは最低だわ」

日本が大日本帝国という国号だった頃、ロシア革命により栄華を誇った帝政ロシアは崩壊した。イジオットはロマノフ王朝の傍系の皇子が、帝政ロシアの復活を目指して作り上げた組織だ。イジオットのトップは『皇帝』と呼ばれ、後継者は『皇太子』と呼ばれる。ロシアン・マフィアの中でも異彩を放つ組織だ。

「……エリザベスさん？」

「エリザベスでいいわ」

「……どうも」

「姐さん、ロシアン・マフィアのイジオットよ。知らないとは言わせないわ。ウラジーミ

にく
めん

ル皇太子は姐さんにご挨拶《あいさつ》しているじゃない」

ロシアで圧倒的な力を持つイジオットと香港で歴然とした力を持つ楊一族が手を結ぶことになった。

アジアの闇社会《やみしゃかい》の勢力図が書き替えられる、欧州にも影響は及ぶかもしれない、と注視されていた共闘だったという。

香港でもなければ第三国でもなく、ロシアのモスクワで交渉の場が設けられた。それぞれの代表は楊一族の頭目とイジオットのボスの長男であるウラジーミルだ。

しかし、ガス爆発で交渉は吹き飛んだ。楊一族の頭目とイジオットのウラジーミルの命とともに。

「……あ、あれは挨拶ではありません」

「皇太子は姐さんに礼を払っているんでしょう」

「違うと思います」

「……まぁ、惚《とぼ》けるならそれでもいいわ。姐さん、うちはイジオットも皇太子も許せないの。わかるわよね」

イジオットは最初からうちの頭目を始末するつもりだったのよ、とエリザベスは口惜《くや》しそうに続けた。

「……僕に言われても」

モスクワの交渉のテーブルについたのは、ウラジーミル本人ではなく影武者だった。ウラジーミルは影武者を利用して、楊一族の頭目を始末したのだ。

当初、眞鍋組も真実が摑めず、情報が錯綜《さくそう》していた。けれど、ウラジーミル本人の生存が真実を物語っている。

「東京で姐さんに挨拶をして、藤堂と一緒に高野山で精進料理を食べていたのが本物の皇太子だったわ。騙《だま》された。あの皇太子が池の行をするなんて考えられないもの」

「……その」

「姐さん、楊一族の気持ちはわかってくれるわね。力を貸して」

ぎゅっ、とエリザベスに手を握られ、氷川は胸騒ぎがした。傍らの卓や吾郎の顔つきも険しい。

「力を貸す、とは？」

「頭目を殺されて黙っていたらメンツに関《かか》わる。報復しなければ、楊一族は終わりよ」

日本のヤクザと一緒よ、とエリザベスは同意を求めるように卓に視線を流す。だが、卓はなんの反応もしなかった。

「抗争ですか？」

「楊一族は負ける戦争はしないわ。眞鍋組と手を組みたいの。一緒にイジオットを叩きのめしましょう」

エリザベスの共闘の申し込みに、氷川は顎《あご》を外しかけた。

「……え？」

「楊一族と眞鍋組ががっちり手を組んだらイジオットに負けないわ。イジオットが牛耳《ぎゅうじ》っているロシアはお金になるわよ。配分はこちらが持ちかけたから、眞鍋に七割渡すわ」

いい話なのか、悪い話なのか、考える必要はない。氷川はエリザベスの申し出をぴしゃりと撥《は》ねのけた。

「やめなさい」

とどのつまり、楊一族とイジオットの問題である。眞鍋組はなんの関係もないのだ。眞鍋組の兵隊を激戦地に送り込んだりはしない。

「どうして？　ここで黙っているわけにはいかないのよ？　ロマノフの亡霊組織にやられたままじゃ商売にならないのよ？」

ナめられたら終わり、という鉄則が香港においてもあるようだ。魔都と称される国際都市だから日本より熾烈《しれつ》かもしれない。

「暴力は何も生みだしません」

「そんなくだらないことをエステもない山奥まで聞きにきたんじゃないわ」

「僕は医者です。眞鍋組の構成員ではありません。どうして僕にそんな話を持ちかけるのですか？」

氷川が素朴な疑問を投げると、エリザベスは派手なネイルアートが施された手を意味深に振った。

「交渉は眞鍋組で一番力を持っている人とするものよ」

眞鍋組の頂点に立っているのは、氷川の命より大切な男だ。ここ最近、魔女こと祐の力が強いと聞いているけれども。

「眞鍋組で一番力を持っているのは僕ではありません」

「楊一族の情報網を甘く見ないでちょうだい。核弾頭が眞鍋組のトップよ」

核弾頭、という二代目姐につけられた呼び名をエリザベスは知っている。

「香港には間違った情報が伝わっているようです」

「惚けても無駄よ。姐さんは眞鍋組だけじゃなくて桐嶋《きりしま》組まで牛耳っているじゃない。皇太子がご執心の藤堂も姐さんの子分でしょう」

一番力があるのはあなたよ、とエリザベスは挑むような目で氷川を貫いた。ざわざわざわっ、と周りがやたらとざわめく。

「……では、お返事をします。聞いてください」

「仕掛ける場所はモスクワでは不利よ。戦場は日本にしましょう。藤堂和真《かずま》を餌《えさ》に皇太子をおびき寄せるのよ」

「エリザベス、僕の話を聞いてください」

眞鍋組は楊一族と手を組んでイジオットと戦争しません、と氷川は意志の強い目で言い放った。

その瞬間、エリザベスから邪気を含んだ怒気が発散される。

「今、イジオットを潰《つぶ》さないと、次の標的は日本よ。皇太子は日本侵略の責任者だわ」

イジオットが日本を狙っていることは、前々から眞鍋組も摑んでいる。藤堂が急先鋒《きゅうせんぽう》だと危惧《きぐ》していた。

「たとえ、イジオットが日本を侵略しても眞鍋には関係ありません」

「何を言っているの。まず、イジオットが狙うのは眞鍋組のシマよ」

イジオットにしてみれば、日本最大の歓楽街がほしいはずだ。昨今、あちこちにロシアン・パブができたというから、すでに攻略計画が進んでいるのかもしれない。スラブ美人がイジオットの切り込み隊員だ。

「まだ噂は届いていないのですね。どうして僕がこのお寺にいるかわかりませんか?」

「二代目組長と痴話喧嘩《ちわげんか》で家出した、って聞いたわ」

エリザベスが摑んだその情報は、祐がわざと流したのかもしれない。氷川は大きく首を振った。

「違います。出家するため、福清厳浄明院に来たのです。そうでなければ、この僕が有休を取ったりしません」

氷川は張りのある声で宣言してから、ズレかけた頭部の手ぬぐいを戻した。エリザベスの華やかな美貌が崩れる。

口をパクパクさせた。

氷川がにっこり微笑むと、エリザベスはやっと我に返ったようだ。

「……出家？」

エリザベスは自身の日本語が不安になったのか、英語でも『出家』を意味する言葉を口にする。

「僕も清和くんも出家します。眞鍋組は眞鍋寺になります。これでおわかりですね。楊一族にもイジオットにも眞鍋寺はなんの関係もありません」

氷川は日本語で言った後、英語で繰り返した。的確にエリザベスに理解してもらうために。

「……眞鍋寺？　お寺にするの？」

「はい、真言宗・眞鍋寺です。幹部候補の卓くんや吾郎くん、信司くんにショウくんに宇治くん、一緒に出家するため、行に励んでいる最中です」

勝手に追いかけてきた眞鍋組の構成員たちもいい理由になる。エリザベスも清和や重鎮に信頼されている若手構成員たちのことは知っているようだ。

「お坊さん？　二代目も兵隊たちもお坊さんになるの？　あのショウまで？」

「そうです。全員、お坊さんになります」

「全員、頭を丸めるの？」

坊主頭を表現するかのように、エリザベスの手が頭部で動く。

「はい」

「本気なの？」

「本気です。本気だからここにいます。邪魔をしないでください」

さっさと帰ってくれませんか、と氷川は毅然《きぜん》とした態度で言った。エリザベスに構っている暇はないのだ。

「本気なのね」

「何度も言わせないでください」

そういうことですからお帰りなさい、と氷川が裏門を差した時、生い茂った緑の中からショウの罵声《ばせい》が聞こえてきた。

「この野郎、こんなところで何をしてやがるっ」

ドカッ、という音。

「ショウ、眞鍋のショウだな。ニンニク入りのギョーザをたくさんあげるから楊一族と仲良くなろうよ」

「ニンニク入りのギョーザ？」

「香港の飲茶《ヤムチャ》は最高だよ」

　察するに、楊一族のメンバーが裏庭に潜んでいたのだ。ショウが見つけて、ねじ上げたのだろう。

「ショウくん、ニンニク入りのギョーザに釣られないでーっ」

　氷川はヒステリックに叫びながら、ショウの声がするほうに走った。もっとも、背の高い雑草の大群が行く手を阻《はば》む。

「……もっ、もうーっ」

　氷川は勇猛果敢に突き進もうとしたが、背後から卓が泣きそうな声で止めた。

「姐さん、それ以上、顔に傷を作らないでください」

　すでに氷川の白い細面《ほそおもて》には無残にも擦り傷ができている。

「僧侶になるのに顔は関係ない。傷のひとつやふたつでガタガタ言わないで」

「恐ろしいことを言わないでくださいーっ」

　氷川と卓が揉《も》み合《あ》っているうちに、エリザベスの姿は忽然《こつぜん》と消えていた。ショウも取り押さえた楊一族のメンバーを解放する。

　逃げるように去っていった。

「表門の前にいた楊一族のメンバーと地蔵の後ろにいたメンバーも消えました」

　宇治の報告により、楊一族のメンバーが何人も潜んでいたことを知る。卓は戦争中のような顔でスマートフォンを操った。

「一歩間違えれば、楊一族とイジオットの争いに巻き込まれるところだった。出家を計画していてよかったね」

氷川が独り言のように呟くと、ショウの顔が派手に歪《ゆが》む。

「……う、姐さん」

出家と坊主。

これに尽きる。

出家と坊主を持ちださなければ、エリザベスは退かなかっただろう。あの手この手で居座り、搦《から》め手《て》で攻略してきたはずだ。それこそ、女好きのショウが籠絡《ろうらく》されていたかもしれない。

「楊一族には困ったね。サメくんは情報を摑んでいなかったの？」

サメが率いる諜報部隊《ちょうほうぶたい》はいったい何をしていたのだろう。福清厳浄明院に乗り込んでくる前に連絡があってもよさそうだが。

「俺は聞いていません」

卓の端整な顔にもサメに対する鬱憤《うっぷん》が顕著に表れていた。

「エリザベスって若いけれど、日本の責任者なんだね。ウラジーミルみたいにボスの関係者なのかな」

　エリザベスの肌から察するに、若く見える美女ではなく、実年齢が若い美女に違いない。以前、垣間見《かいまみ》た大陸系マフィアの日本責任者とはだいぶ年代が違う。

「亡《な》くなった頭目には息子しかいません。庶子も息子です」

「ボスじゃなきゃ、幹部の関係者かな？」

「そうかもしれません……が、想定外でした。すみません」

　卓にペコリと頭を下げられ、氷川は軽く手を振った。

「卓くんが謝ることじゃない」

　氷川は一呼吸置いてから凛《りん》とした声で言った。

「やっぱり、眞鍋寺だ。眞鍋寺にするしかない」

　氷川は何度目かわからない決意をしたが、清和の舎弟たちは誰ひとりとして賛同してくれなかった。

　それでも、氷川は眞鍋寺を目指す。

　裏庭の掃除の後、心を静め、写経に励んだ。

6

翌日、氷川《ひかわ》は昨日と同じように朝のお勤めに参加した。ショウや宇治《うじ》、吾郎《ごろう》、卓《すぐる》に信司《しんじ》にしてもそうだ。

宇治と吾郎は居眠りをしている。

許されざる所業だが、院家《いんげ》のお経の邪魔をしないからまだマシだ。こともあろうに、ショウは豪快に鼾《いびき》を掻《か》いている。

「ショウくん、起きなさい」

氷川は小声で注意したが、ショウの鼾のボリュームが上がる。おまけに、むにゃむにゃと寝言まで聞こえてきた。

「……ギョーザを食わせろ、叉 焼《チャーシュー》を食わせろ、回鍋肉《ホイコーロー》を食わせろ、肉まんを食わせろ、排骨飯《パイクーハン》を食わせろ……」

香港《ホンコン》マフィアにも知られた韋駄天《いだてん》は、いったいどんな夢を見ているのだろう。氷川の頬《ほお》がヒクヒクした。

「ショウくん、起きて」

「……腸 粉《チョンファン》を食わせろ、小籠包《ショーロンポー》を食わせろ、北京《ペキン》ダックを食わせろ、海南鶏 飯《ハイナンジーファン》を食わせろ、牛バラ麵《めん》を食わせろ、子豚の丸焼きを食わせろ……」

ぎゅっ、と氷川はショウの鼻を摘まんだ。

けれども、ショウは哺乳類《ほにゅうるい》とは思えない声を出しただけだ。一向に夢から覚める気配がない。

いたたまれないなんてものではなかった。

それでも、院家は何事もなかったかのように厳《おごそ》かに読経《どっきょう》する。朱斎《しゅさい》の態度もなんら変わらない。

氷川は心の中で必死に詫《わ》びた。

朝の勤行《ごんぎょう》が終わるまで、氷川は謝罪し続けた。何しろ、ショウは最初から最後まで寝言を零《こぼ》し続《つづ》けたからだ。

ぽたり、と床に涎《よだれ》を零したのは居眠りをしていた吾郎である。

信司はちゃんと起きていたが、ご本尊に向かって十字を切った。唯一、メンバーの中で般若心経《はんにゃしんぎょう》を唱えられるのに、キリスト教と仏教の違いがわからないのだろうか。

いくらなんでもそこまでおかしいとは思えない。

が、信司だからわからない。

氷川は眞鍋《まなべ》組の男たちの言語道断の所業に頭を抱えた。朝食の時、注意したのは言うまでもない。

しかし、誰ひとりとして反省しなかった。

「姐《あね》さん、俺たちを怒るのはお門違いっス」

けっ、とショウは忌《い》ま忌《い》ましそうにほざいてから、茶粥《ちゃがゆ》を掻《か》き込《こ》む。虫眼鏡で探しても反省の色は見つけられない。

「どうして？」

「坊主のお経で眠くなったんです。坊主が俺たちを眠らせんスよ」

ショウが真面目《まじめ》な顔で言うと、宇治や吾郎まで箸《はし》を持ったまま大きく頷《うなず》いた。高僧のお経は睡眠導入剤に匹敵するというのか。

「……な、何を言っているの」

「あの坊さん、ハゲのくせにやりやがる。お経は睡眠ガスより威力があるぜ」

「ショウくん、そんなことで立派なお坊さんになれると思っているの？」

「だから、俺はハゲになるつもりはねぇっス」

氷川とショウは真正面から睨《にら》み合《あ》う。どちらも折れたりはしない。昨日と同じように実りのない戦いの火蓋《ひぶた》が切って落とされた。

「姐さん、まだ諦《あきら》めねぇのか」

ショウは憎々しげに言うと、フッ、と口から梅干しの種を出す。福清厳浄明院《ふくせいごんじょうみょういん》で漬けた塩加減が絶妙な梅干しだ。

「諦めるわけないでしょうーっ」

氷川も大声で怒鳴ってから、食べ終えた梅干しの種を小皿に出す。ポトッ、と。

「さっさとシマに帰らねえと、二代目が浮気するぜっ」

ショウは禁句を口にした。

しかし、仏の道を目指す氷川は以前の焼《や》き餅《もち》焼きではない。心の中に本堂で祀《まつ》られている不動明王《ふどうみょうおう》を思い浮かべた。

「お不動様が僕を守ってくださっている。清和《せいわ》くんの浮気も止めてくれるよ」

お不動様の火が清和の浮気を燃やしてくれる、と氷川は険しい形相《ぎょうそう》で力んだ。こんなところで動じたりはしない。

「姐さん、胡散臭《うさんくさ》い道に走らないでくれ」

ヒクッ、とショウの頰が盛大に引《ひ》き攣《つ》る。

ポロッ、と口から食べかけの梅干しを落としたのは卓だ。眞鍋の男たちは目に見えない世界のことは信じない。

「清和くんに浮気の道は走らせない。清和くんやショウくんが走るのはお坊さんの道だよ。お坊さんになる以外、道は残されていない」

氷川にとって絶対に負けられない戦いが続いた。

朝食の後は掃除だ。

氷川はありったけの感謝を込め、古い寺院の廊下を雑巾《ぞうきん》で拭《ふ》く。なかなかハードだが、音《ね》を上げたりはしない。

「ロボット掃除機を買えばいいのに。本堂もロボット掃除機で掃除したらいい」

信司の不届きな言葉は無視するに限る。いくら便利とはいえ、格調高い寺院に自動掃除機は似つかわしくない。

「お掃除サービスに頼めばいい」

卓の言葉も風か何かのように無視する。

「そういや、魔女の先輩に便利屋がいたぜ。魔女の口利きだったら格安で請け負ってくれるんじゃないか」

吾郎の言葉を聞いた時、氷川は鬼のような顔で廊下を突いた。口ではなく手を動かせ、と注意しているのだ。

「姐さんがこんなに強情なんて知らなかったぜ……いや、強情だったよな……二代目に捨てられても知らねぇからな」

ショウがいつになく辛辣《しんらつ》なセリフをたらたらと連ね、同意するように吾郎がコクコクと頷く。

シュッ、と氷川は雑巾をショウの顔面に向けて投げた。

ベチャッ。

氷川が投げた雑巾はショウの背後にある壁に当たった。

「姐さん、出家を志すなら、その、人に向かって雑巾を投げるのはどうかと思います」

卓に嫌みっぽく言われたが、それが手だとわかっている。氷川は澄まし顔で掃除を再開した。

眞鍋の男たちも掃除から逃げたりはしない。

満足できるまで磨き上げた時、朱斎の母親が買い物から帰ってくる。彼女も出家し、剃《てい》髪《はつ》していた。

「美人だったはずなのにハゲ」

ショウが残念そうに言ったので、氷川はその口を摘まむ。

「……警察を呼んだほうがいいのかしら」

朱斎の母親に声をかけられ、氷川は筆で描いたような眉《まゆ》を顰《ひそ》めた。

「どうされました？」

「門の前に高そうな車が停《と》まって、鬼みたいな男が降りたの。普通の人じゃないと思うわ」

氷川の瞼《まぶた》に迫力満点の男が浮かんだ。まずもって、眞鍋の金看板を背負う男は、天空の聖域でも悪目立ちするだろう。

「鬼みたいな男？　黒いスーツを着ていましたか？」

清和くんがやってきた、どんな手を使っても出家させる、このチャンスを逃さない、と氷川は心の中で説得の文句を羅列した。

「ふたりとも黒いスーツを着ていたけど……喪服じゃないと思うわよね……まぁ、普通の観光客じゃないと思うわ。連れている女性は女優みたいな美人だったけど」

女優みたいな美人、と聞いた途端、氷川にいやな予感が走る。清和にいつも付き従っているのはリキだ。

「女優みたいな美人？」

「ええ、びっくりするぐらい綺麗《きれい》な女性よ」

「僕たちが確かめてきます。危険ですから顔を出さないでください」

氷川はにっこりと微笑《ほほえ》むと、ショウや宇治、吾郎を連れて表門に向かう。卓と信司は朱斎の母親の手伝いだ。

長い廊下で、氷川は滑りそうになったが、そんな場合ではない。早足で廊下を進み、靴を履いた。

本堂を横目に、表門に続く砂利道をひた走る。

聞き覚えのある声が、涼やかな風に乗って耳に届いた。昨日、氷川の前に現れた香港マフィアの楊《よう》一族のエリザベスだ。確かに、女優さながらの華やかな美女だった。

「……愛してしまったからしょうがないじゃない。愛はどんな障害も乗り越えるのよ」

エリザベスが熱っぽく誰かを口説いている。

どういうことだ。

「私が誰よりも深く愛してあげる。私に愛されるあなたは世界で一番幸せな男よ。光栄に思いなさい」

ひょい、と氷川は表門から外に出た。

「……え？」

キス。

キスだ。

キスシーンだ。

格式を漂わせる表門の前で、長身の美丈夫と華やかな美女がキスしていた。

氷川の心臓が破裂する。

背後にいるショウや宇治、吾郎も言葉を失っていた。それぞれ、一言もなくいっせいに即身仏だ。

清和が氷の人形と化した氷川に気づき、慌てたようにエリザベスを離す。しかし、エリザベスは清和から離れようとはしない。ぎゅっ、と清和の身体《からだ》を抱き締め直した。

「……あら、お坊さんじゃない」

エリザベスは見せつけるように清和の胸に顔を埋《うず》め、氷川を『お坊さん』と意味ありげに呼んだ。

それでも、氷川の心臓は修復しない。

「氷川諒一《りょういち》さんはお坊さんになるんでしょう。もう眞鍋組の姐さんじゃないわね。いいお坊さんになって世界平和を祈ってちょうだい」

エリザベスは勝ち誇ったように言い放った。

ショウや宇治、吾郎と同じように清和も即身仏と化している。誰もエリザベスに言葉を返さない。誰も言葉を発することができないのだ。

「私は眞鍋のボスを知って、初めて男というものを知ったわ。こんな素晴らしい男は香港にはいないもの」

ううん、世界中のどこを探してもいないわ、とエリザベスはうっとりした顔つきで清和を褒《ほ》め称《たた》える。

壁に沿って停車していた黒塗りのメルセデス・ベンツから、黒いスーツ姿のリキが静かに現れた。

真っ赤なポルシェからは、昨日、ショウが裏庭で取り押さえた楊一族の男が顔を出す。

隣の寺院からも楊一族の癖のありそうな男が出てくる。

あっという間に、楊一族のメンバーに囲まれた。

「氷川先生は立派なお坊さんになることだけを考えてね。私が眞鍋のボスを幸せにしてあげるから心配しないで」

チュッ、とエリザベスは清和の顎先《あごさき》にキスをした。

氷川にしても今までに何度もキスをした場所だ。

口紅。あの赤い口紅をつけた。僕の清和くんにキスをした、と氷川の意識がようやく戻った。まず、目の前にいる美男美女が許せない。

「エリザベス、あなたに幸せになる権利はありません」

氷川は仁王立ちでエリザベスと対峙《たいじ》した。

「どういうこと？」

「ここはお寺の前です。神聖な場所でいちゃつくなど、言語道断、鬼畜の所業」

地獄の業火に焼かれても文句は言えないでしょう、と氷川は般若の如《ごと》き形相で詰め寄った。

「さっき、キスをしながら歩いている人がいたわよ」

察するに、欧米人の観光客だろう。何しろ、キス禁止の看板はどこにもない。第一、土足禁止の看板があっても気づかず、土足で上がる観光客は少なくない。

「人のことはどうでもよろしい。エリザベス、まず、あなたはご自分の罪です。ご自分の罪を悔い改めなさい」

清和くんもだよ、氷川は横目で愛《いと》しい男を睨み据えた。依然として不夜城の覇者はひからびたミイラだ。

「馬鹿《ばか》らしい」

「馬鹿らしいとはなんですか。そもそも、橘高《きったか》清和はあなたのものではありません。さっさと離れなさい」

「いやよ。眞鍋のボスは私のものよ」

エリザベスは好戦的な笑みを浮かべ、清和の身体にしなだれかかった。まさしく、彼女こそ、楊貴妃《ようきひ》と称《たた》えられる美女だ。昇《のぼ》り龍《りゅう》を刻んだ美丈夫と並べば一枚の名画になる。

だからといって、氷川は怯《ひる》んだりはしない。

「橘高清和は僕のものです」

たとえ、僧籍に入っても、未来永劫《みらいえいごう》、清和は自分のものだ。相手が誰であろうとも、譲るつもりは毛頭ない。

「お坊さんになるんでしょう。お坊さんになるならボスとは別れなきゃ駄目よ」

「橘高清和もお坊さんになります。僕と橘高清和は同じ道を進みます。あなたが入る隙間《すきま》はありません」

　お帰りなさい、と氷川はエリザベスとの距離を縮めた。

「ボスはお坊さんになる気はない、って言ったわ」

　ボスはお坊さんなんかいやよね、とエリザベスは媚《こ》びを含んだ目で清和を見上げる。そのしなやかな手は清和のシャープな頬にある。

　いつも氷川が撫《な》でていた頬なのに。

　その手を離せ、と氷川は心の中でエリザベスに凄《すご》んだ。

「あなたには関係ありません」

「関係あるわ。私はボスを愛したし、ボスは私を愛したもの。お坊さんは愛し合うふたりを引き離すの？」

　若い美男美女は愛し合っているというのか。

　一瞬にして、氷川は奈落《ならく》に落ちた。

　いや、すぐに奈落から這《は》い上《あ》がる。どうしたって、エリザベスがしたたかな女狐《めぎつね》にしか見えない。

「君より僕のほうが深く清和くんを愛しています。君の愛は浅い」

「私の愛は大きいわ。お坊さんより、ずっと深いわよ。私はボスと結婚するわ。横浜《よこはま》と香港で結婚式をする予定よ。お坊さんも横浜の結婚式に出てちょうだい」

「……結婚式？」

「そうよ。今から横浜に行って、ボスと結婚するの」

再見《ツァイチェン》、とエリザベスは高らかに別れの挨拶《あいさつ》をしたが、氷川は木偶《でく》の坊《ぼう》と化した清和の腕を摑《つか》んだ。

「エリザベス、君の愛は愛じゃない。お不動様はすべて見抜き見通し」

「……お不動様？」

「今から護摩《ごま》焚《た》きです。お不動様に悪《あ》しきものを排除してもらいます。あなたはお不動様に罰せられるでしょう」

氷川はこれ以上ないというくらい真摯《しんし》な目で言い放った。

相変わらず、清和を始めとする眞鍋組の男たちは固まっている。だが、エリザベスの部下から独り言のようにポツリと零れた。クレイジー、と。

その一言でようやく氷川の愛《いと》しい男に魂が戻った。

清和は有無を言わせぬ力でエリザベスの腕を振りほどく。そして、仁王立ちの氷川に近寄った。

清和の大きな手が氷川の肩を抱こうとする。

清和くん、それでいいんだよ、僕のものだね、と氷川は視線で清和に語りかけた。もちろん、氷川も清和に近づく。

愛しい男の左腕を取るために。

それなのに。

スカッ。

宙を切った。

「いやよぅ。眞鍋のボスは私のハズバンドになるのよ。あなたは手下と一緒にお坊さんになるがいいわ」

エリザベスが清和の右腕を摑み、引っ張っている。周囲にいる楊一族のメンバーは、隠し持っていたジャックナイフを手にした。赤いランボルギーニから降りてきた男の手には、青竜刀《せいりゅうとう》が握られている。

それらの凶器は氷川に向けられた。

「エリザベス、僕の清和くんを離しなさい」

凶器を向けられたぐらいで怯《おび》えたりはしない。氷川は清和の左腕を力の限り、引っ張り返した。

眞鍋の男たちは鈍く光る凶器で正気に戻る。

「この野郎、姐さんに何をしやがる」

ドカッ、とショウが青竜刀を握る男を蹴《け》り飛《と》ばした。

あれよあれよという間に、格式の高い福清厳浄明院の門の前で、日本のヤクザと香港マフィアの大乱闘が勃発《ぼっぱつ》する。

　宇治が相手にしているのは、カンフーの使い手だ。

　清和はエリザベスを引き剝《ひ》《は》がそうとした。

　が、エリザベスは凄《すさ》まじい力で清和にしがみついている。

「エリザベス、清和くんを離して」

「お坊さんこそ、ボスを離して」

「君、確か、昨日は楊一族の日本の責任者だって言ったよね。よくそんなので責任者になれたね」

「お坊さん、人のことは言えないでしょう」

　氷川とエリザベスに左右から引っ張られ、清和の渋面《じゅうめん》がますます渋くなった。

「……おい」

　清和がエリザベスに向かって凄む。

「ボス、私と結婚すればいいじゃない。私と結婚したらすべて上手《うま》くいくわ。香港の王冠もマカオの王冠もボスのものよ。ロシアの王冠も手に入るわ。お坊さんになりたくないんでしょう。お坊さんと別れて私と結婚して」

　エリザベスのヒステリックな声に、氷川が金切り声で対抗した。

「清和くんは僕と結婚します」

こんなことならさっさと結婚式を挙げればよかった、と氷川は心の中で悔やむ。数日前もいろいろな裏はあったが、清和を花婿にするチャンスはあったのだ。

「お坊さんとは結婚できないでしょう」

「清和くんの結婚相手は僕です。エリザベスは香港に帰りなさいっ」

「いやよ。ボスと結婚するまで香港には帰れないーっ」

エリザベスの絶叫が響き渡った時、朱斎が静々とやってきた。清らかな僧侶《そうりょ》の登場でも、ヤクザとマフィアの大乱闘は鎮静化しない。

ドカッ、という音とともにヌンチャクを振り回していた男が吹き飛んだ。ほかでもない、眞鍋組最強の腕っ節を誇るリキによって。

「エドワード、横浜でうちの幹部が会う」

引け、とリキは清和にしがみついているエリザベスに向かって言った。

エドワード、という男名に氷川は首を傾《かし》げる。

しかし、清和は察したかのように、右腕に張りついているエリザベスを見下ろした。楊一族のメンバーの動きも止まる。

「エドワードなんていや。エリザベスって呼んでよ」

エリザベスは拗《す》ねたようにリキに言い返す。

「楊一族の亡《な》き頭目の五男、エドワードこと楊潤偉《ようじゅんい》、繰り返す。横浜でうちの幹部が会う」

引け、とリキは周りにいる楊一族のメンバーたちを威嚇《いかく》した。圧倒的な迫力だ。

ショウや宇治、吾郎といった眞鍋の男たちはポカン、と口を開けたまま固まる。氷川も仰天して仰《の》け反《ぞ》った。

楊貴妃と見紛《みまが》う美女が男なのか。それもガス爆発で殺された楊一族の頭目の五男坊だというのか。エリザベスではなくエドワードなのか。男でありながら清和との結婚を堂々と宣言したのか。氷川の思考回路はぐちゃぐちゃに作動した。

嘘《うそ》だろ、ついているのかよ、と虚《うつ》ろな目でエリザベスの股間《こかん》を見つめたのはショウだ。宇治や吾郎の視線の先もエリザベスの下肢である。

「リキ、私をエリザベス、って呼んだらお話をしてあげる」

エリザベスは自身が男であると認めなかった。

「日本の責任者に指名された五男は無能ではなかったはずだ」

「……もうっ、眞鍋のボスと結婚式を挙げたいのに」

エリザベスは名残惜《なごりお》しそうに清和の頬に唇を寄せた。

キス。

その瞬間、清和がキスを拒む。

グイッ、と氷川も清和の左腕を引っ張った。性別に関係なく、これ以上、清和に触らせたくない。

「マカオにいる内縁の夫と眞鍋を天秤《てんびん》にかけるつもりか?」

リキがいつもと同じように淡々と言うと、エリザベスは凄まじい色気を発散した。

「そんなの、眞鍋のボスを選ぶに決まっているじゃない。写真で見るより、ずっといい男だわ」

「マカオにいる内縁の夫に言ったセリフだな」

リキが真顔で指摘すると、エリザベスは感服したように肩を竦《すく》めた。

「さすが、サメね。そこまで調べたの?」

「サメにしては遅かった」

リキの声音にはサメに対する非難が含まれていた。清和もここにはいない諜報部隊《ちょうほうぶたい》のトップへの鬱憤《うっぷん》が漲《みなぎ》る。

「ねぇ、わかってよ。本気で眞鍋のボスに乗り換えたいの。今すぐにでもマカオの男とは別れるわよ」

エリザベスはチラリと、どこまでも続くかのような塀際に停まっているワゴン車に視線を流した。

おそらく、ワゴン車には楊一族のメンバーが詰めている。破壊力のある武器を搭載しているだろう。私の合図ひとつで攻撃するわよ、こんな寺を落とすのは簡単よ、とエリザベスは暗に脅迫しているのだ。

彼女、いや、彼は本気で眞鍋組のトップを得ようとしている。

ちっ、とショウや宇治が悔しそうに舌打ちをする。

世界遺産に登録された高野山《こうやさん》で血なまぐさいことをする気か、と氷川の背筋に冷たいものが走った。

「二代目のプライベートは姐さんのものだ。ビジネスはうちの幹部が交渉の場に立つ」

リキはいっさい動じず、エリザベスを見据えた。

「交渉相手は誰？」

「三國祐《みくにたすく》」

メリットとデメリットを一番考える参謀の名前がリキの口から出た。

食わせ者らしいエリザベスの交渉相手には妥当だと、氷川はほっと胸を撫《な》で下《お》ろす。まずもって祐ならば、そう簡単にエリザベスに丸め込まれない。

「あらら、手強《てごわ》い男ね。でも、魔女が出張ってきたのなら、本気で楊一族との共闘を考えてくれるのね」

エリザベスは交渉相手に満足したらしく艶然《えんぜん》と微笑んだ。

「眞鍋はロシアの日本進出を許さない」

リキは言外で楊一族との共闘を匂《にお》わせている。

やめなさい、楊一族とイジオットの争いに首を突っ込まないで、と氷川は舌がもつれて口を挟むことができなかった。

「楊一族は日本支配を目論《もくろ》んでいないわ。誤解しないで」

「詳細は横浜で聞く」

「ボスを横浜に連れていきたいんだけどね」

エリザベスことエドワードは清和の頰に指でキスをすると、楊一族のメンバーたちに向かって鷹揚《おうよう》に顎をしゃくった。

クイーンというよりキングのような仕草だ。

「再見」

エリザベスは投げキッスをしてから、真っ赤なポルシェに乗り込む。当然、氷川は応じたりしない。

瞬く間に、エリザベスを乗せた車は神秘的な情緒が流れる町から消えた。

「……お、お、男？　あれが男か？　本当に男なのか？」

ショウがやっとのことで声を出すと、卓は思いだしたかのように言った。

「……あ、あぁ、そう言えば、祐さんから楊一族の頭目には変わり者と評判の息子がいる、って聞いたことがある」

「変わり者？　オカマ、っていう意味だったのか？」

「そうみたいだな」

あれのどこが男だ、うちの姐さんと張る、とショウや宇治、吾郎は驚嘆したように頷き合う。

自分でもわけがわからないが、氷川には複雑な思いがふつふつと湧《わ》き上《あ》がってきた。とりあえず、エリザベスが強烈な印象を残したのは間違いない。

「清和くん、エリザベスが男でがっかりしたの？」

グサリと、エリザベスという棘《とげ》は氷川の胸に突き刺さっている。

「……おい」

清和の切れ長の目が曇ったが、氷川の口は止まらなかった。

「エリザベスと結婚したら、香港とかマカオとかモスクワにもシマが持てるの？　持ちたいの？」

「違うだろう」

お前が言うべきことはそれじゃない、と清和に咎《とが》められているような気がする。氷川の目は据わった。

「……何？　どうして、さっさとエリザベスを振りほどかないの？」

実際、口にすれば、さらに氷川の目は据わる。

「……帰るぞ」

乗れ、とばかりに清和は黒塗りのメルセデス・ベンツに向かって顎をしゃくった。朱斎には一瞥《いちべつ》もくれない。

氷川に東京に戻る気はさらさらなかった。

「これから護摩焚きだ。エリザベス退散……じゃない悪霊退散をお願いしよう。悪霊じゃなくて生き霊退散になるのかな？」

氷川にとってエリザベスは悪霊に等しい。

「…………」

「清和くん、いい時に来た。院家さんの護摩は素晴らしい、って評判だよ。エリザベスなんて忘れようね。眞鍋組のことも忘れようね」

これからは眞鍋寺だ、と氷川は言い聞かせるように呟《つぶや》きつつ、清和の腕を引っ張った。

決して離さない。誰にも渡さない。

そのまま毘沙門天《びしゃもんてん》の像がある部屋に進み、護摩木《ごまぎ》に願い事を書いた。筆ペンを持った手が勝手に動く。『エリザベス退散』と。

「朱斎さん、こんなお願いでいいですか？」

「構いませんよ」

朱斎の承諾を得て、氷川は自信を持った。

「……えっと、悪霊退散もお願いする」

護摩木に願いを書く氷川の目は血走っていた。もちろん、公義《きみよし》の回復を願った護摩木も忘れない。

卓が護摩木に書いた願いは『心願成就』だが、吾郎は『金運招福』だ。ショウなど、護摩木に『肉と女』と書いた。

そうして、本堂に向かう。

院家がお経を唱えながら、護摩木を燃やした。

轟々《ごうごう》と燃え盛る炎に、氷川は手を合わせ続けた。

いろいろと予想外の問題が勃発したけれども、真っ先に願うことは意識不明の公義について。

公義くんをどうか助けてください、と。

護摩焚きは無事に終わったが、氷川と清和の間では灼熱《しゃくねつ》の戦いの幕が上がる。ピリピリピリッ、とした空気が張り詰めた。

「帰るぞ」

清和に横柄な態度で言われ、氷川は大きく首を振った。

「いや」

「いい加減にしろ」

「清和くん、全然、反省していないね」

氷川が目を吊《つ》り上《あ》げると、清和は凄絶《せいぜつ》な怒気を漲らせる。背後で控えているリキは、ポーカーフェイスでタブレットを操作していた。

「連れて帰る」

「絶対にいやだ。今回ばかりは許さない。僕と一緒に清和くんはお坊さんになるんだ。それしか道はないいんだよ」

埒《らち》が明かないと悟ったのか、清和はリキに向かって言い放った。

「リキ、黙らせろ」

リキはたとえ清和の命令であれ、プライベートにはいっさいタッチしない。氷川がどんなに清和や眞鍋組を慌てさせても関わらない。

が、今回、リキはいつになく低い声で氷川に切りだした。

「姐さん、楊一族のメンバーが高野山に残っています。彼らの目的は明白です」

目的は二代目姐である氷川だと、リキの鋭い目は雄弁に語っている。証明するかのように、卓がスマートフォンの画面を見せた。一見、ツアーの団体客に見えないこともないが、楊一族のメンバーらしい。

「帰ってもらいなさい」

「イジオットのメンバーも高野山にいます」

楊一族と揉《も》めているイジオットも高野山にいるという。卓が手にしたスマートフォンの画面は、金髪の観光客のグループに変わった。ウラジーミルはいないが、よく似た雰囲気の美男子はいる。

「どうして？」

高野山に楊一族のメンバーがいるのならば、鉢合わせしてはまずいのではないか。氷川は素朴な疑問を抱いた。

「姐さんが高野山にいるからでしょう」

「……僕？」

「ロシアン・マフィアのヴォロノフのメンバーもいます。こちらも目的は姐さんです」

ロシアン・マフィアのヴォロノフといえば、イジオットに次いで力を持つ闇組織《やみそしき》だ。イジオットと同じように、合法的なビジネスも営んでいる。

「なぜ？」

「ヴォロノフはロシアを制覇したいが、イジオットがいれば敵《かな》いません。楊一族と眞鍋に共闘させ、イジオットを潰《つぶ》させたいのでしょう」

ヴォロノフは楊一族とイジオットの諍《いさか》いを利用しようとしている。眞鍋組も含む三つの組織に戦争をさせ、それぞれ疲弊したところを見計らって攻め込むつもりかもしれない。

「だからって、どうして高野山に？」

「姐さんがいるからです」

今まで清和に弱点はなかったが、氷川と再会して以来、取るに足らないチンピラまでが知っている。氷川が最も眞鍋組構成員に影響力のある人物だと、あちこちの組織で認知されているのだ。

「僕？　ヴォロノフまで僕？」

「長江《ながえ》組の構成員も高野山にいます。こちらも目的は姐さんです」

「……な、なんで長江組まで？」

「眞鍋組と桐嶋《きりしま》組に一番圧力をかけられる人物だからです」

桐嶋だけでなく藤堂《とうどう》も、氷川を特別視していることは明らかだ。時に氷川の一声で決まっていた事項がひっくり返る。

「弘法大師《こうぼうだいし》様のお膝元《ひざもと》がマフィアとヤクザだらけ？」

聖域が闇に侵食されつつある。

氷川は背筋を凍らせた。

「長江組はともかくイジオットやヴォロノフ、楊一族は高野山であっても銃撃戦を厭《いと》いません。その理由もおわかりですね」

仁義や義理が廃れて久しいが、日本の極道界にはそれ相応の無言のルールがある。まずもって、激烈な長江組でも高野山での銃撃戦は回避するだろう。何より、関西は長江組の本拠地だ。

しかし、イジオットやヴォロノフ、楊一族に無言のルールはない。高野山に対する特別な思いもない。ほんの些細《ささい》な何かが原因で、凶弾が発射されるかもしれないのだ。

「……だ、だ、駄目、絶対に駄目」

「ヴォロノフとイジオットなら高野山で戦車を走らせるでしょう。楊一族ならばバズーカ砲を持ちだします」

姐さんの取るべき行動がおわかりですね、とリキは修行僧の如き風情で青々とした畳に手をついた。

眞鍋の虎《とら》に頭を下げられ、氷川はコクリと頷く。

「……わ、わかった。わかったよ。リキくん、わかった。僕のするべきことがわかった」

「姐さん、わかってくれましたか」

「僕はどんな手を使っても清和くんに出家させる。明日にも眞鍋組は眞鍋寺だ」

氷川が意志の強い目で宣言すると、珍しくリキの鉄仮面が崩れた。

傍《かたわ》らの清和の目は宙に浮いているし、卓は苦しそうに頭を抱えている。宇治は音階の違う『あ』を発し続け、ショウは降参とばかりに畳みに大の字になった。

「姐さん、俺の説明が足りなかったのでしょうか」

リキの声のトーンが低くなった。

「ううん。リキくんの言いたいことはわかった。これからの眞鍋に必要なこともわかった」

「理解したうえでの出家ですか？」

「そうだよ。眞鍋寺になればすべて一挙解決」

「姐さん、俺の言葉が不適切でした。もう一度、説明させていただきます」

「リキくん、よくわかった。もう時間がもったいない。明日と言わずに、今日、これから僕と清和くんは出家する。リキくんもショウくんも卓くんも宇治くんも信司くんも吾郎くんも、ここにいるみんなはいっせいに出家だ」

そうと決まれば院家さんにお願いする、と氷川はガラス玉のような目に不動明王の炎を燃え上がらせた。

俄然《がぜん》、勢い込む。

いや、今だ。

今こそ、極道の道を捨て、仏門に入る時だ。

しかし、氷川の行く手を眞鍋組の男たちが阻《はば》む。そのうえ、清和の逞《たくま》しい腕に拘束されてしまう。

「帰るぞ」

「絶対にいや」

「ここで抱くぞ」

清和に物凄《ものすご》い力で畳に押し倒され、氷川の身体は硬直した。神聖な空気が流れる寺院で肉欲に溺《おぼ》れてはいけない。

「……な、何をするのーっ」

氷川は無我夢中で足をバタバタさせた。

けれど、屈強な男にはなんのダメージも与えられない。

「ここで抱かれたくなければ帰れ」

「……こ、この罰当たりーっ」

「帰るか、抱かれるか、選べ」

清和の目的ははっきりしている。即刻、氷川を連れて東京に戻りたいのだ。下半身の衝動に駆られたわけではない。

「清和くん、護摩焚きのあとでこんなことをここでしたら罰が当たる」

「帰るぞ」

「僕は清和くんを守りたいの」

氷川の感情が昂《たか》ぶり、ポロリ、と大粒の涙が零れた。

その途端、清和の腕が緩む。

間髪《かんはつ》容《い》れず、氷川は清和の雄々《おお》しい身体から抜けだした。そして、物凄い勢いで走りだす。

「……おい？」

意表を衝《つ》かれたらしく、清和は追ってこない。

「二代目はどうして甘いんだっ」

「姐さん、待ちやがれーっ」

ショウや宇治が追ってくるが、氷川は一目散で走り続けた。もっとも、追いつかれるのは目に見えている。

朱斎を見つけ、その背中に回った。

「朱斎さん、助けて」

「おやおや、鬼ごっこですか？」

朱斎を盾に氷川はへたり込んだ。

「美坊主、姐さんを寄越せ」

ショウは宿敵に遭遇したような顔をしたが、朱斎は菩薩《ぼさつ》の笑顔で答えた。

「救いを求めてきた者を見捨てるわけにはいきません。御仏の道に反します」

「……あ？　わけのわからねぇことを言ってねぇでさぁ」

ショウは腹立たしそうに朱斎の肩を摑んだ。

その途端、見事な一本背負いが決まった。

ドサッ。

投げ飛ばされたのは美坊主ではなく暴走族上がりのヤクザだ。ショウは呆然《ぼうぜん》とした面持ちで朱斎を見上げている。

嘘、と氷川も驚愕《きょうがく》した。

「……こ、このっ」

宇治も朱斎に挑んだ。

けれど、呆気《あっけ》なく、廊下に沈む。

「……美坊主？　柔道か？」

朱斎の麗《うるわ》しい容姿からは予想できない腕っ節だ。

「何があったのかあえてお聞きしませんが、この場は拙僧が預かります。このまま力ずくで物事を推し進めてもお互いに不幸です。若き日の拙僧は力で押さえつけようとする父に反発しました」

朱斎の含蓄ある仲裁に、眞鍋組の男たちは折れた。氷川は意外なくらい頼もしい朱斎に感謝した。

その夜、氷川は朱斎の部屋に泊まる。

さすがに弁《わきま》えているのか、清和や眞鍋組の男たちは、朱斎の部屋に乗り込んではこなかった。夕食もおとなしく精進料理を食べたらしい。

氷川は朱斎と一緒に旬の食材をふんだんに使った精進料理を食べた。デザートの梅の甘味も美味《おい》しい。

「拙僧は氷川先生に並々ならぬお世話になりました。藤堂さんが早まって命を落とさずにすんだのも、氷川先生が全面的に庇《かば》ってくださったおかげだと承知しています」

朱斎に畏《かしこ》まって礼を言われ、氷川は面食らってしまう。

「いえ、僕の力じゃありません」

「差し支えなければ、何があったのか、教えてくださいませんか？」

朱斎の背中に後光が差して見えたのは、ツルリと光る頭部のせいではないだろう。ポロリ、と正直な気持ちを明かした。

「……困りました」

あまりにもいろいろとありすぎて何から話せばいいのか、氷川は見当もつかない。自身の思考力の低下と疲弊感に気づいた。

「先ほど、友人の僧侶から連絡がありました。単なる観光客とは思えない男たちが目につく、と……」

早くも高野山では不審者の大量発生に注視しているらしい。

「……あ、その原因は……」

「原因は氷川先生ですね？」

「どうしてロシアン・マフィアも香港マフィアも長江組も僕を……」

氷川は朱斎に優しく尋ねられるまま答えた。とりもなおさず、出家に力を貸してもらうために。

どれくらい氷川は語っただろうか。

朱斎は縁側から庭に出ると、手招きをした。氷川は促されるまま、夜の帳《とばり》に覆われた庭に降りる。

「氷川先生、夜空を見てください」

朱斎の言葉により、氷川は天を仰いだ。

星だ。

満天の星だ。

どこまでも、幻想的な星空が続いている。

「……うわ……なんて綺麗な……」

大都会の夜空では星が見えない。場所によって見えたとしても星の輝きが違う。氷川は目が離せない。

「高野は宇宙に繫《つな》がっています」

「……え？　宇宙？」

「宇宙に比べたら人間は小さきものですね」

宇宙に比べたら人間の悩みは小さなもの、宇宙を見なさい、宇宙を意識してください、と朱斎は澄んだ目で語っているようだ。なんにせよ、氷川の心を穏やかにしようとしている。

「……宇宙」

「拙僧は弱き小物です。崩れそうになった時、この夜空を思い浮かべます。宇宙に繫がるこの夜空を……」

「僕もこの夜空を目に焼きつけます」

夜空は言葉では言い表せないぐらい美しかった。高野山が宇宙と繫がっているという説に納得してしまう。

昨夜とは打って変わって、静かに更けていった夜だった。

この神秘的な静寂が真実の高野山だろう。

7

ガタガタガタガタッ、ガタッ、ガッシャーン。

夜の静寂を耳障《みみざわ》りな騒音が掻《か》き消《け》した。

夜空から星が流れてきたのだろうか。宇宙船が落ちてきたのだろうか。宇宙人の襲来だろうか。

「……な、何事？」

氷川《ひかわ》が布団から飛び起きると、朱斎《しゅさい》も素早い動作で立ち上がった。

「何かあったようです」

「清和《せいわ》くんたちが泊まっている部屋からだ……宇宙に繋《つな》がっている高野《こうや》だから隕石《いんせき》が……あ、宇宙じゃない……」

氷川は掠《かす》れた声で言いかけて、はっ、と思いだした。高野山に闇組織《やみそしき》の関係者が集まっていたのだ。

「……あ、あぁ、清和くんが狙《ねら》われた？」

氷川が血相を変えて、朱斎の部屋から飛びだす。

「氷川先生、危険ですから部屋にお戻りください」

背後から朱斎が追ってきたが、振り返る余裕はない。

「清和くん、清和くんはお坊さんになるから狙わないで。背中の刺青《いれずみ》は僕がなんとかして消すからーっ」

氷川は月明かりに照らされた廊下をカンで走る。

ヒュンッ、と何かが飛んできた。

氷川の足下に落ちる。隕石でもなければ、宇宙船の欠片《かけら》でもなかった。

「……え？　青竜刀《せいりゅうとう》？」

ドサッ、と黒ずくめの男が廊下に倒れた。

浴衣姿《ゆかたすがた》のショウが、殴り飛ばしたのだ。

「この野郎、横浜《よこはま》に行ったんじゃねぇのかよっ」

ショウはヌンチャクを振り回している男を蹴《け》り飛《と》ばした。氷川にも見覚えがある。ヌンチャクの彼は楊《よう》一族のメンバーだ。

「エリザベスが眞鍋《まなべ》のボスを諦《あきら》められない、ってだだをこねた。仕方がないだろう。俺たちだってエリザベスと眞鍋のボスがカップルになってほしい」

楊一族のメンバーはエリザベスと清和がパートナーになることを期待している。確かに、イジオット対策には最高の手段だ。

「二代目はオカマは嫌いだぜ」

ショウは吐き捨てるように言ったが、楊一族のメンバーは激しい声音で反論した。

「今の姐《あね》さんもオカマじゃないか」

楊一族のメンバーが言う『オカマ』とは、二代目姐と遇されている氷川のことだ。確かめるまでもない。

「姐さんはオカマじゃねぇ」

「姐さんがオカマじゃなきゃなんだ？」

「姐さんはオカマじゃなくて核弾頭だ」

ショウは堂々と言い放ったが、楊一族のメンバーはあんぐりと口を開けた。

「…………か、核弾頭？　オカマよりひどい。エリザベスはせいぜい散弾銃だ」

「二代目が核弾頭に惚《ほ》れているから核弾頭でいいんだよっ」

ドカッ、とショウが楊一族のメンバーを仕留めた時、蓮《はす》の花と天女が描かれた襖《ふすま》が物凄《ものすご》い勢いで外れた。

いや、壊れた。

無残にも壊れた襖の向こう側には、人数分の布団が敷かれた和室がある。眞鍋組の男たちは安らかに寝ていない。

真ん中の布団では、清和が若い美女と絡み合っている。

清和が身につけた福清厳浄明院《ふくせいごんじょうみょういん》の浴衣《ゆかた》ははだけていた。

浮気？

浮気なのか？

浮気した、と氷川は浮気の現場に愕然《がくぜん》とした。

「ボス、私がいい思いをさせてあげるわ。お坊さんになるドクターは忘れてよ」

清和の浮気相手は、若い美女ではなくて楊一族の亡《な》くなった頭目の五男坊だ。エドワードことエリザベス。

「エドワード、帰れ」

清和はエリザベスの身体《からだ》を押しのけようとした。

けれども、エリザベスは凄《すさ》まじい腕力で対抗する。その力がエリザベスの性別を如実《にょじつ》に物語っていた。

「抱いてくれるまで帰らない」

「何度も言わせるな」

帰れ、と清和はエリザベスに銃口を向けた。

「好きになっちゃったの」

エリザベスは拳銃《けんじゅう》を持ちだされても怯《ひる》んだりはしない。執拗《しつよう》になめらかな下肢を清和の下肢に絡ませた。

「帰れ、と言っている」

「どうして抱いてくれないの？」

ブチュッ、とエリザベスは清和の唇にキスをした。

「いい加減にしろ」

清和の言葉が氷川を覚醒《かくせい》させる。

愛《いと》しい男はエリザベスを受け入れてはいない。浮気していない。エリザベスに一方的に迫られているのだ。僕の清和くんに何をするの、と。僕だけの清和くんに何をしたの、と。清和くんにキスしてもいいのは僕だけ、と。

「一度だけでもいいから抱いてよ。一度だけでいいの。一度だけで」

これ以上、許せない。

シュッ、と氷川は足下に転がっていた枕《まくら》をエリザベスに向けて投げた。ありったけの力を込めたのに。

エリザベスではなく清和の後頭部に当たる。

ボスッ、と。

清和はエリザベスに気を取られていたのか、氷川が投げた枕を避《よ》けられなかった。泣く子も黙る昇《のぼ》り龍《りゅう》の失態かもしれない。

「一度だけでも駄目」

氷川は仁王立ちで清和とエリザベスの前に立った。

バチバチバチバチッ。

福清厳浄明院を燃やし尽くすような火花が散った。

一瞬にして、清和は業火に焼かれる銅像だ。

「……あら、お坊さん、お坊さん仲間の朱斎と浮気していたんでしょう。浮気相手の部屋に戻りなさいよ」

エリザベスが煽《あお》るように言うと、清和の双眸《そうぼう》に生気が戻った。こともあろうに、清和は氷川に対して怒気を発する。

「僕は浮気なんてしていません」

疑われるようなことは何もない。あの清らかな朱斎といったい何があるというのだ。氷川は白皙《はくせき》の美貌《びぼう》を引《ひ》き攣《つ》らせた。

「じゃあ、どうして朱斎の部屋で寝ているのよ」

「避難です」

なぜ、愛しい男の腕から出て朱斎の部屋に飛び込んだのか、氷川は口に出して言いたくなかった。

「避難なら一年ぐらい避難しておいてよ。一年も経《た》てばボスはあなたの身体を忘れるわ」

「エリザベス、君は一月ぐらい香港《ホンコン》の核シェルターに避難していなさい。一月もいれば誰もがあなたを忘れるでしょう。ほんの一月です。あなたの存在は一月で消えます。あなたの存在価値は一月ですから」

氷川はドス黒い感情を込め、エリザベスに嫌みをお見舞いした。

「姐さん、綺麗《きれい》な顔をして意地悪ね」

「人のことが言えますかーっ」

氷川は視界に入った枕を掴《つか》み、エリザベスに向けて投げた。

シュッ。

「いやぁ」

エリザベスが避けた枕が、楊一族の若い男に当たる。それも顔面に。

「……こ、このっ」

若い男は枕を投げ返した。

シュッ、と飛んできた枕を氷川は咄嗟《とっさ》に躱《かわ》す。

ボスッ、と背後にいたショウの顔面にヒットした。反射神経抜群の切り込み隊長とは思えない様だ。

「……こ、この野郎、この俺の顔に当てるとはいい度胸だ。褒《ほ》めてやるぜ。生きて香港のギョーザは食えないと思えーっ」

ショウが枕を拾って投げ返す。

加勢するように、浴衣姿の信司《しんじ》も凜々《りり》しい顔つきで枕を投げた。卓《すぐる》や宇治《うじ》、吾郎《ごろう》もそれぞれ枕を投げる。

シュッ、シュッ、シュッ、シュッ、と。

楊一族のメンバーからも枕が投げ返された。

「眞鍋のボスをエリザベスのハズバンドにくれーっ」

楊一族のメンバーからの要望が込められた枕に、眞鍋組の若手構成員たちは声を上げて応戦した。

「エリザベスにうちの二代目はやらねぇ」

シュッ。

「二代目のワイフは日本人形みたいな姐さんだーっ」

シュッ。

当然のように、氷川もむんずっと枕を摑むと、楊一族のメンバーに向けて勢いよく投げた。

「エリザベス、香港に帰れーっ」

氷川に呼応したのは清和を押し倒していたエリザベスだ。

「何よ、さっさとお坊さんになって寺で暮らしなさい。寺から出てくるんじゃないわよーっ」

エリザベスの武器も枕だ。

かくして、指定暴力団・眞鍋組と香港マフィアの一角を担う楊一族による激烈な枕投げ合戦が始まった。

シュッ、シュッ、シュッ、シュッ、シュッ。

双方、枕を投げる手に手加減の文字はない。

氷川は枕のみならず座布団まで投げた。卓や吾郎は押し入れから予備の枕を持ちだして投げた。

ひたすら投げた。

投げまくった。

未《いま》だかつてこんなに枕を投げたことは一度もない。

ボスッ、とエリザベスが投げた枕を氷川は顔面で受け止める。慌てて、清和が氷川の盾になるように立った。

「清和くん、どいて。やられたままじゃ、引き下がれない」

無用、とばかりに氷川は清和の広い背中を叩《たた》く。

「……おい？」

「エリザベス、この枕と一緒に香港に帰れーっ」

氷川は渾身《こんしん》の力を込め、エリザベスの華やかな美貌を狙った。

しかし、勝利の女神は香港の楊貴妃《ようきひ》に味方する。氷川の投げた枕は楊一族の生意気そう

な男の顔面にヒットした。

ボスッ、と。

なかなか勝負はつかない。

宇治や吾郎が身につけていた浴衣ははだけかけ、ショウに至っては下着一枚で奮闘している。浴衣は帯とともに足下でぐしゃぐしゃになっていた。

「眞鍋組と楊一族の枕投げ、歴史に残る一戦ですね」

朱斎は飛び交う枕を楽しそうに眺めている。

リキは枕投げにはいっさい参加せず、鶴《つる》が描かれた衝立《ついたて》の向こう側でタブレットを操作していた。

「帰れ、帰れ、エリザベスは香港のおうちに帰れ、僕の清和くんに二度と触るなーっ」

「お坊さんはさっさとハゲになれ。さっさとハゲになって寺にこもれ。ボスに二度と会うんじゃないわよーっ」

氷川とエリザベスの枕の投げ合いが佳境に差しかかった時、それまでおっとりと構えていた朱斎の顔色が変わった。

「皆さん、見回りです」

朱斎の言葉によって、眞鍋組の面々と楊一族の面々はおとなしくなる。眞鍋組の男たちはいっせいに布団に潜り込んだ。

素早い。

神業に等しい。

「……ま、まるで修学旅行みたい」

氷川が呆然《ぼうぜん》としている間に、エリザベスと楊一族のメンバーたちは窓から去っていった。まるで風の如《ごと》く。

つい先ほどまでの枕戦争の喧噪《けんそう》が嘘《うそ》のように静かになった。

「朱斎、何かあったのかね？」

院家《いんげ》に温和な声で尋ねられ、朱斎はにっこりと微笑《ほほえ》んだ。

「何もありません」

「そうですか」

院家が何も気づいていないわけがない。察していながら、慈悲の心で受け止め、綺麗に流しているのだ。

氷川は心の中で度量の広い院家に感謝した。

あえて氷川は朱斎の部屋に戻る。

清和が視線で脅してきたし、ショウや宇治から涙目で訴えられたが、素知らぬ顔で無視したのだ。

布団に入らず、桐《きり》の卓を挟んで向き合う。

「氷川先生、なかなか好戦的ですね」

朱斎にエリザベスに対する言動を指摘されているのかもしれない。氷川にしても枕投げに発展させる気はなかった。

が、非は清和を諦めないエリザベスにある。まして、こんな夜更けに夜這《よば》いをかけるなど、天誅《てんちゅう》を下すべき言語道断の所業だ。

「そうですか？」

「仏の道を目指すならば心を穏やかに」

朱斎に窘《たしな》められている気配はないが、仏門に入るならばそれ相応の心が必要だ。氷川は自制できなかったことを反省した。

「はい。至りませんで」

「出家は思《おも》い留《とど》まったほうがよろしいのではないですか？」

朱斎に宥《なだ》めるような口調で言われ、氷川は頰《ほお》を引き攣らせた。

「朱斎さん、清和くんか眞鍋の誰かに脅されたんですか？」

「誰にも脅迫されていません。安心してください」

「……なら、僕の出家や清和くんの出家を止めたりしないはずです」

氷川が意志の強い目で言い切った時、唐獅子《からじし》が描かれた襖の向こう側から楽しそうな笑い声が聞こえてきた。

聞き覚えのある声だ。

「……え？　桐嶋《きりしま》さん？」

唐獅子が描かれた襖がスッ、と開かれたと思うと、桐嶋がひょっこりと顔を出した。高野山から東京に帰ったのではなかったのか。またやってきたのか。

「姐さん、相変わらず、ごっついな。あの楊一族と枕投げ合戦をしやがるなんて」

桐嶋の表情から楊一族がいかなる組織なのか伝わってくる。エリザベスの女装に惑わされそうになったが、香港の楊一族といえば手強《てごわ》いマフィアだ。

「僕が枕投げをさせたんじゃありません」

誰も枕を投げろ、と指示していない。

「まぁ、青竜刀と日本刀のやり合いにならんでよかったで」

枕ではなく銃弾が飛び交っても不思議ではなかった。楊一族とはそういう組織だと、桐嶋は暗に語っている。

「エリザベスには困った。清和くんは僕のものなのに」

エリザベスが悪い、エリザベスに押し倒された清和くんも悪い、と氷川の中でふつふつと怒りがぶり返す。

「トップを誘惑するんが手っ取り早いやんか」

「エリザベスは清和くんを誘惑して、眞鍋とイジオットに戦争させたいんだね」

確かめるまでもなく、エリザベスの魂胆は明白だ。

「そうや。姐さん、わかっとうやんか。楊一族は横浜で魔女と渋い交渉して、ようけ譲歩した契約を結ばされたくないんやろ」

よほどのことがない限り、眞鍋組は他国の組織と手を組まない。清和の右腕であるリキや昔気質《むかしかたぎ》の橘高《きったか》が交渉相手ならば、楊一族と共闘する可能性はぐっと低くなる。

今回、交渉に祐《たすく》が乗りだしてきたから、楊一族と手を組む可能性は大きい。それは万々歳だが、祐ならばどんな悪条件を呑《の》まされるかわからない。エリザベスと楊一族は手っ取り早い常套手段《じょうとうしゅだん》を取ったのだ。

「許せない。清和くんは僕のものだ」

「俺は楊一族と仲良うしたいんやけどな」

楊一族と手を結び、ウラジーミルがいるイジオットを壊滅させたいのだろう。何者にも代えがたい藤堂《とうどう》のために。

「絶対に駄目」

無意識のうちに、氷川は座布団を摑んでいた。つい先ほどの枕投げを引きずっているのかもしれない。

桐嶋は氷川が摑んだ座布団に相好《そうごう》を崩した。

「カズも俺が楊一族と仲良うしようとしたら怒るんや。……まぁ、カズの話を聞いてやってぇな」

ボンボンの話の裏にあないな昔話があったなんて知らんかったわ、と独り言を零《こぼ》す桐嶋の隣には、お約束のように紳士然とした藤堂がいた。

「藤堂さん？」

氷川は藤堂を確認すると、知《し》らず識《し》らずのうちに座布団を手放す。

「姐さん、このような時間、このような形で申し訳ございません」

藤堂に礼儀正しく頭を下げられ、氷川は面食らってしまった。何かあるのはわかりきっている。こちらもいろいろとあったのだ。何か事態が進展したから、こうやって桐嶋と藤堂が乗り込んできたのだろう。

「藤堂さん、そんなことはどうでもいいから」

「一刻の猶予もならない事態ですから、そう仰《おっしゃ》ってくださると助かります」

藤堂は一呼吸置いてから、真摯《しんし》な目で氷川を貫いた。

「どうか姐さんのお力をお貸しください」

「藤堂さん、だから何があったの？　どうしたの？」

「魔女は楊一族と手を組むつもりです。虎《とら》やサメも同意見でしょう。眞鍋の二代目は幹部の意見を聞き入れます」

楊一族の申し出を拒否してください、と藤堂は伏し目がちに続けた。

藤堂は自分のために頼んでいるわけではない。誰かのために頼んでいるのだ。傍らの桐嶋が地獄の亡者と化す。

楊一族と眞鍋組が共闘し、真っ先に仕掛ける相手はイジオットだ。すなわち、モスクワのガス爆発を計画したと推測されるウラジーミルである。

藤堂はウラジーミルを守りたいのか。

ウラジーミルの想《おも》いは一方的なものにしか見えなかった。けれど、藤堂にもロマノフ王朝の末裔《まつえい》に対する想いがあるのかもしれない。

「藤堂さん、イジオットを……ううん、ウラジーミルを庇《かば》いたいんだね？」

ウラジーミルを愛しているの、と氷川は藤堂の双眸をじっと見つめた。

しかし、藤堂は普段と同じように悠然としたまま、感情をいっさい表さない。隣の桐嶋から発散される怒気がひどくなるだけだ。

朱斎が場を和ませるようにお茶を淹《い》れた。

もっとも、お茶ぐらいで桐嶋は和まない。

「楊一族の頭目が亡くなった後、五人の息子たちは権力争いを始めました。最大の武器だった以前のような結束力はない。眞鍋は内輪揉《うちわも》めに利用されるだけです」

藤堂はそれらしい内情を明かしたが、氷川は一蹴《いっしゅう》した。

「……嘘、それだけじゃないね？」

「今、ウラジーミルが消されたら眞鍋も桐嶋も危ない。語弊があるかもしれませんが、イジオットの本格的な日本進出を止めているのはウラジーミルです」

イジオットという巨大な組織も、強固な一枚岩でないことはわかっている。皇帝と皇太子の意志が一致しているとは限らない。

「……だから、楊一族を拒め、って？　どうして僕に持ちかけるの？」

「姐さんが眞鍋で一番影響力をお持ちです」

姐さんの一言で眞鍋は決まる、と藤堂は暗に匂《にお》わせている。高野山に続々と集まった闇組織の関係者と同じ意見だ。

「藤堂さんまでそんなことを言うの」

自分に一番力があるならば、今日にも眞鍋組は眞鍋寺になっていた。氷川は思うようにならない現状を憂う。

「……では、取引をさせてください」

「取引？　僕は買収されないよ？」

「本郷公義《ほんごうきみよし》くんの命、助けたいですね？」

本郷公義の命、と藤堂はなんでもないことのようにサラリと言った。

女装した氷川に一目《ひとめ》惚《ぼ》れして、清和にヒットマンを送り込まれた高校生だ。今回、氷川が強行軍で高野山に乗り込んだ原因である。

「……藤堂さん？」

未だに公義の意識は戻らない、と氷川は聞いていた。福清厳浄明院の不動明王や阿弥陀《あみだ》如来《にょらい》に懸命に拝んでいる最中だ。

「本郷公義くんをカマキリに狙わせたのは眞鍋の二代目ではありません」

清和が嫉妬《しっと》に駆られて、カマキリというヒットマンに公義を始末させようとしたのではないのか。

「……え？　じゃあ、誰？」

バンッ、と氷川は桐の卓を叩いた。

「元ＫＧＢのネフスキーです」

一瞬、氷川は聞き間違いだと思った。

自分の耳がおかしくなったと思った。

つい先ほどの枕投げで、何度も首から上に、枕や座布団が当たったダメージかもしれない。記憶が正しければ、ＫＧＢとは旧ソビエト連邦時代の情報機関のことだ。

「……藤堂さん、あまりにも話が飛びすぎて……宇宙の果てまで飛んだような気がする……ついていけない……元KGB？」

氷川の瞼《まぶた》に一昔前のスパイ映画が浮かぶ。東西冷戦の時代、ニヒルでダンディなスパイから、気弱なスパイ、体育会系のスパイなど、スパイにも各種揃《そろ》っていたはずだ。グラマラスな美人スパイは定番だった。

「姐さん、公義くんの曾祖父《そうそふ》が元外務大臣の本郷恒義《つねよし》だとご存じですね？」

氷川は公義の口から曾祖父並びに祖父が代議士であることを聞いた。公義が一般庶民の息子ではないと知ってはいたが。

「うん」

氷川が力なく頷《うなず》くと、藤堂は温和な声音で断言した。

「本郷恒義はソビエトのスパイでした」

氷川は何を言われたのか理解できず、怪訝《けげん》な顔で聞き返した。

「……え？」

スパイ？

スパイ、と言ったのか？

「本郷恒義が終戦を満州で迎え、シベリアに抑留された話は聞きましたね」

公義の曾祖父の代に改宗し、クリスチャンになったと聞いている。最大の理由は敗戦だと、も。

「……う、うん、聞いたけど……えぇ？」

氷川の思考回路がショートしかけた。

けれども、藤堂は冗談を言うような男ではないし、隣にいる桐嶋を見ても事実だと察せられる。

「全員が全員、そうだとは言いませんが、シベリア抑留者にはソビエトのスパイが多い。スパイになったから日本に帰国できたとも言えるでしょう。そうでなければ、シベリアで殺されていました」

拷問で、と藤堂は天気の話でもするかのように陰惨な歴史について語りだした。

正義と悪が不明になり、すべてにおいて根底から覆《くつがえ》されたような激動の時代だ。公義の曾祖父である恒義は、関東軍の将校として終戦を旧満州国で迎え、ロシアの捕虜になり、シベリアで強制労働させられたという。命からがら生き延び、帰国してからは、親戚《しんせき》の援助を借りて政治家になり、外務大臣を務めた。

「恒義がソビエトに本当に洗脳されたのか、洗脳されなかったのか、真実は不明です。ただ、ソビエトのスパイになったから拷問で死なずにすんだのです。無事に帰国しました」

戦後、恒義はソビエト連邦に命令されるがままの人生を歩み、情報を流したという。藤堂は感情を込めずに一気に語った。

名家出身のシベリア抑留者にスパイは多いんですよ、お不動様の前でスパイ行為を詫《わ》びた高級官僚がいました、と朱斎は哀愁を含んだ目で明かす。

「……え？　……も、もし、そのスパイ説が本当なら外務大臣がスパイ？」

氷川が掠れた声で言うと、藤堂は苦笑を漏らした。

「日本はスパイ天国です」

「外交が弱いのは知っているけど……」

「恒義は本部の命令通り、息子の定義《さだよし》も政治家にしました。親子二代、ソビエトのスパイです」

公義の曾祖父だけでなく祖父の定義までソビエトのスパイだというのか。氷川は二の句が継げなかった。

「定義はソビエトに脅され、情報を流し続けたのです」

「……え？　二代続けてスパイ？　三代目は大学教授だよね？」

公義の父親は著名な大学教授だ。ひとり息子の重体を聞き、卒倒してしまったという。スパイとは思えない性格だが、三代目もスパイなのだろうか。

「定義の唯一の抵抗が、息子を政治家にせずに学者にしたことでしょう。それもソビエトが解体したからできたことです」

かつて世界を二分したソビエト連邦という巨大な帝国はない。だいぶ前に東西冷戦は終結している。

「……あ、そうか。もうソビエトはない」

「ソビエトという国が地球から消えると、コンタクトがなくなったようです。定義は安心したのでしょう」

世界地図からソビエト連邦は消えた。

けれど、ロシア人まで消えたわけではない。即座に新たな戦いの幕は上がった。

「……ソビエトの代わりにロシア？」

「ソビエトの解体時、ロシアの混沌《こんとん》ぶりはひどかった。戦中戦後の重要書類があちこちに流され、強請《ゆすり》のネタになりました」

当時、ロシアがどれだけ混乱していたか、メディアでも取り上げられたから氷川でも知っている。それまでエリートだった軍人や官僚にも給料が払われなくなったという。一般庶民の困窮は悲惨だった。

売れるものはなんでも売る、という言葉とともに、ロシアからの臓器売買の黒い噂《うわさ》も聞いた記憶がある。

「……あ、それで強請《ゆすり》？」

氷川は定義が強請《ゆす》られた理由に気づいた。

「元ＫＧＢのネフスキーが安心していた定義の前に出現し、ソビエトのスパイだったことをネタに脅迫したのです」

軍人であれ官僚であれスパイであれ、自分のために国家機密を盗んで売りさばいた。強請のネタにした。

藤堂はそのように当時の混沌としたロシアを説明する。

「……そ、それでKGB？　KGBに繫がるの？　元KGB？」

「現在、ネフスキーはウィーンを拠点にしているロシアン・マフィアのトップです」

かつてオーストリアのウィーンは東西冷戦の最前線だった。元KGBにとって慣れ親しんだ国際都市なのかもしれない。

「元KGBが音楽の都でロシアン・マフィア？　いったいどうなっているの？」

「珍しい話ではありません」

藤堂がサラリとした口調で言うと、同意するように桐嶋と朱斎は頷いた。いつの間にか、朱斎は桐嶋のために、般若湯《はんにゃとう》を用意している。

「……そ、そうなのか」

「ネフスキーは定義を強請りました。……が、定義は拒みました」

定義自身、ずっと苦しんできたのだろう。それゆえ、決死の覚悟で負の連鎖を断ち切ろうとしたことが窺《うかが》える。

「……ま、まさか、それで公義くんが狙われたの？」

「そうです。ネフスキーは定義が拒否するとは思わなかったのでしょう。思い知らせるためにも、溺愛《できあい》している公義くんを始末しようとしたのです」

ネフスキーの最大の目的は本郷家の資産です、と藤堂は抑揚のない声で続けた。元KGBのロシアン・マフィアが欲するものは情報ではなく金だ。

「……始末？」

「カマキリは公義くんの殺害を依頼されていました」

その時、桐嶋がそばにいなければ、公義は即死だっただろう。

「……ひ、ひどい。ひどすぎるっ」

氷川が怒りで全身を震わせると、藤堂はやるせない目をした。

「定義の取った行動に問題がありました。自身、スパイとして活動したのですから、どうなるか予測できたはずです」

定義は誰にも秘密を明かさず、墓場まで持っていくつもりだったようだ。甘いと、藤堂は定義を非難している。

「……そんな」

「定義は自殺しようとしました」

すでに東京では新たな悲劇が始まろうとしている。

「……え？」

「たとえ、定義が自殺しても脅迫のネタは消えない。公義くんの父親が次の脅迫の相手でしょう」

　名家には守らねばならないメンツがある。外務大臣を務めた恒義や定義がスパイだっただのと、世間に知られたら、本郷家だけでなく親戚の名にも関《かか》わる。新たな不幸を呼びこむに違いない。

「藤堂さん、取引、って言ったよね？　いったいどんな取引？」

　さっさと言って、とばかりに氷川は桐の卓を盛大に叩いた。

「ネフスキーに本郷家を諦めさせる」

「どうやって？」

「ウラジーミルを使います」

　毒には毒を。ロシアン・マフィアにはロシアン・マフィアを。

　氷川は藤堂に執着しているイジオットの皇太子を思い浮かべた。

「ウラジーミル？」

「その代わり、眞鍋は楊一族と共闘しないこと」

　これが条件です、と藤堂はスマートな動作で立ち上がると、廊下に続く襖を静かに開けた。

　不動明王がいる。

　いや、不動明王の如き形相《ぎょうそう》の清和とリキがいた。

る、と。

眞鍋の龍虎《りゅうこ》コンビは一言も発しない。

ただ、清和は心の中で藤堂に文句を言っていた。どうして俺の女房に取引を持ちかけ
氷川に悩む間はなかった。

この取引を持ちかけたのが、ウラジーミルならば戸惑うが、藤堂ならば信じてもいい。

信じてもいいと思うのだ。

いや、この際、信じるしかない。

「藤堂さん、その取引に応じる。眞鍋はエリザベス……じゃなくて楊一族と手を組まない。楊一族と共闘してイジオットと敵対しない」

ズイッ、と氷川は藤堂に向かって身を乗りだした。

「その代わり、イジオットはネフスキーを抑え込むこと。二度と公義くんの家を脅迫しないようにさせてほしい」

氷川と藤堂の視線が交差した。

清和やリキ、桐嶋など、誰ひとりとして口を挟もうとはしない。朱斎は優しい微笑を浮かべ、清和やリキにも般若湯を勧めた。

「お任せください」

二代目を説得してくださいい、と藤堂は涼やかな目で氷川にメッセージを送ってくる。

「清和くん、聞いていたね。そういうことだから、エリザベスと仲良くしちゃ駄目だよ」

氷川が目を吊《つ》り上《あ》げて言うと、清和は忌《い》ま忌《い》ましそうに般若湯を飲んだ。アルコールで苛立《いらだ》ちを紛らわそうとしているようだ。

「エリザベスにキスさせたら許さないよ」

よくもキスさせたね、と氷川は背後に多聞天《たもんてん》や持国天《じこくてん》を燃え上がらせた。口に出せば、沸々と怒りが湧《わ》き上《あ》がる。

「……おい」

そうじゃないだろう、と清和の鋭利な目は咎《とが》めている。

「公義くんにヒットマンを送ったのが清和くんじゃないなら、どうしてそう言わなかったの？」

氷川が素朴な疑問を投げると、清和は二杯目の般若湯を飲み干した。答えたくないのは間違いない。

「清和くんも公義くんにヒットマンを送りたかったからバツが悪かったの？」

氷川にはなんとなくだが、清和の心情を読み取ることができる。

図星だ。

「清和くんもカマキリに依頼するつもりだったね」

「…………」

「僕もエリザベスにヒットマンを送りたい……けど、送らないよ。ヒットマンを送ってもしょうがないからね」

氷川は清楚《せいそ》な美貌を輝かせたが、その目は笑っていなかった。

ひっ、と廊下のほうから低い悲鳴が漏れてくる。いつしか、朱斎の部屋の前廊下にはショウや宇治、卓や吾郎や信司といった眞鍋組の男たちが揃っていた。

「……桐嶋の」

清和は氷川から桐嶋に視線を流した。

「眞鍋の色男、なんや？」

桐嶋は般若湯を飲みながら応じる。

「桐嶋はそれでいいのか？」

「しゃあないやん」

桐嶋があっけらかんと言うと、清和は渋々といった様子で息をついた。そして、藤堂を睨《にら》み据《す》えた。

「藤堂、条件をひとつ追加する」

清和くんはどんな条件を提示するの、と困惑したのは氷川だけである。藤堂はズバリと言い当てた。

「姐さんが東京へ帰ることですね？」

「そうだ」

清和が顰《しか》めっ面《つら》でコクリと頷くと、藤堂は氷川に向かって素直に頭を下げた。

「姐さん、そういうことですから東京にお帰りください」

「清和くん、汚い手を使うね」

「姐さんは高野を戦場にするおつもりか。マカオ系マフィアとコロンビア系マフィアも乗り込んできました」

姐さんが高野山にいる限り、闇組織の関係者が集まってくる。藤堂は諭すように切々と言葉を重ねる。

「明日、出家する。出家してから東京に帰る」

「姐さん、明日と言わずに今夜中に高野から出てください。少しでも高野を大切だと思う心があるのならば」

まるで氷川が火種のような口ぶりだ。

「……だから、眞鍋組は眞鍋寺にする」

「眞鍋寺になる前に開戦です。海外の組織を侮《あなど》らないでください。エリザベスもああ見えて、有能な指揮官です。失礼ですが、今の眞鍋の情報網では海外の組織に太刀打ちできないでしょう」

藤堂に氷川は負けた。

ここまで言われたら、明日の出家は諦めるしかない。

「……わかった。わかりました」

氷川は未練たっぷりだったが、朱斎まで柔らかな笑顔を浮かべている。清和を始めとする眞鍋組の男たちは、いっせいに安堵《あんど》の息を漏らした。

「……よ、よかった……藤堂に初めて礼を言うぜ」

ショウのポロリと零した言葉が、眞鍋組の気持ちを表しているのかもしれない。卓や吾郎は、真っ直《ますぐ》ぐな感謝を藤堂に捧《ささ》げた。

「藤堂さん、姐さんのツルツルを止めてくれたお礼です」

信司は藤堂に高野山のゆるキャラグッズを手渡す。

断るかと思ったが、藤堂はいつもと同じ調子で受け取った。苦笑いを浮かべているのは桐嶋だ。

なんにせよ、慌ただしく、福清厳浄明院を下がることになった。院家に挨拶《あいさつ》をしたかったが、時間を考えれば憚《はばか》られる。

「毎日、僕は東京からお不動様にエリザベス退散をお願いします」

氷川の別れ際の挨拶に、朱斎は菩薩《ぼさつ》の微笑で応《こた》えた。

8

高野山《こうやさん》から離れれば離れるほど、空気が淀《よど》んでいくことに気づいた。やはり、天空の聖域は特別だ。

「清和《せいわ》くん、高野山の空気は綺麗《きれい》だった。帰りたいな」

無駄だと思いつつも、口にせずにはいられない。

案の定、清和は無言で無視する。

「清和くん、サメくんは公義《きみよし》くんの家の秘密を知らなかったの？」

藤堂《とうどう》が摑《つか》んでいた情報を、清和は知らなかった。サメが率いる諜報部隊《ちょうほうぶたい》は、いったい何をしていたのだろう。

「ああ」

「サメくんはどこで何をしているの？」

まさかこんな時に蕎麦《そば》の食べ歩きに出たとは思いたくない。しかし、超然として摑《つか》み所《どころ》のない男だからわからない。

「逃げやがった」

「逃げた？」

氷川《ひかわ》が目を丸くすると、清和はふっ、と鼻で笑った。

「あいつはそのうち戻る」

お前と違って迎えに行かなくてもちゃんと戻ってくる、と清和は心の中で氷川に文句を零《こぼ》している。

「……清和くん、なんか嫌みっぽい」

当然、氷川は唇を尖《とが》らせた。

それでも、ふたりの間に険悪な空気は流れない。お互いがお互いの存在に安心しているからだ。

何より、東京に戻る途中、公義が意識を取り戻したという吉報が入る。待ちに待っていた連絡だ。氷川の祈りが効いたのか、公義の生命力か、名医の処置か、理由は定かではないが、危機は脱したという。危惧《きぐ》していた後遺症の心配も少ないようだ。

「よかった」

氷川はほっと胸を撫《な》で下《お》ろした。

そうこうしているうちに、澄み切った高野山と同じ国内にあるとは思えないような淀みきった不夜城に到着する。

眞鍋《まなべ》組が牛耳《ぎゅうじ》る街は普段となんら変わらない。

同じように、氷川が勤務している明和《めいわ》病院もまったく変わらない。有休を使った理由も詮索《せんさく》されなかった。

いったいあれはなんだったのか。

高野山での出来事がすべて夢だったかのように時間が過ぎていく。拍子抜けするぐらい何もないのだ。

祐《たすく》から嫌みを食らうと身構えていたが、それさえなかった。

いや、秀麗な参謀は二代目姐《あね》に嫌みを言う時間がないのだろう。清和にしても多忙を極めているのか、プライベートルームに一度も帰ってこなかった。

高野山から下りて八日後、氷川は送迎係のショウがハンドルを握る車で眞鍋組が統《す》べる街に帰る。

「ショウくん、まさか、清和くんはエリザベスと会っているんじゃないよね？」

清和が忙しいのはわかっているが、エリザベスの猛攻が氷川の脳裏に焼きついている。不安は募るばかりだ。

「姐さん、ひでぇ。二代目は魔女の奴隷っス」

ショウは不服そうに鼻を鳴らした。

「祐くんの奴隷？」

「姐さんが坊主の山に行くからっス。二代目は坊主の山に行く暇なんかねぇんスよ」

本来、清和は高野山くんだりまで行く余裕はなかった。おそらく、祐を激怒させるぐらい、アポイントメントをキャンセルしたのだろう。

「僕は清和くんを呼んでいない」

「姐さんのツルツルの危機に二代目が指を咥《くわ》えているわけがねぇっス」

「断っておくけど、僕はまだ眞鍋寺を諦《あきら》めていないよ」

「姐さん、まだ諦めていなかったんスか?」

ショウは仰天して振り向いた。

進行方向には黄色信号から赤に変わった交差点がある。

「ショウくん、前を向いて」

「……あ、やべぇ」

眞鍋組随一の運転技術を誇る男は、前方不注意でも事故は起こさない。すんでのところで、器用にハンドルを切った。

「ショウくん、僕は諦めないから」

「ツルツルは勘弁してください」

「よく考えてほしい。第二、第三のエリザベスが現れるかもしれない。さっさと清和くんも出家させないと……あ……」

車窓の向こう側に清和とリキを見つけ、氷川は車を停《と》めさせた。勢いよく愛《いと》しい男に駆け寄る。

「清和くん、エリザベスに襲われていたの?」

氷川の第一声に、清和は渋面《じゅうめん》で無言だ。

「この世にエリザベスはいっぱいいるよね。キャバクラやクラブにもエリザベスだらけだよね。眞鍋組のお店は全員、エリザベスだよね。あっちにもこっちにもエリザベスがいるよね」

氷川の中で、エリザベスは清和に近寄る美女の代名詞と化している。眞鍋組資本の店に所属する夜の蝶《ちょう》もエリザベスだ。

「…………」

「やっぱり、僕と一緒に出家しよう」

氷川は清和のスーツの裾《すそ》を摑んだ。

「……おい」

清和の背後にウィーン菓子の店が見え、氷川は確かめたかったことを思いだした。ショウを問い詰めても、返答らしき言葉が引きだせなかったのだ。ショウ自身、把握していないのかもしれない。

「……あ、公義くんの家の問題は上手《うま》く解決したの? 藤堂さんは上手くやってくれた?」

氷川が真剣な目で尋ねても、清和は憮然《ぶぜん》としたまま口を開かない。本人は誤魔化《ごまか》そうとしているようだ。

「……え？　何かトラブルがあったの？」

上手くまとまらなかったのか。上手くまとまらなければどうなるのだ。本郷家はこの先も脅迫され続けるのか。公義はどうなるのだろう。

氷川は福清厳浄明院《ふくせいごんじょうみょういん》の池の水を被《かぶ》ったような気がした。

「………………」

「トラブルがあったんだね？」

「………………」

「……ま、まさか、ウラジーミルはネフスキーを抑え込めなかったの？」

氷川は清和の仏頂面《ぶっちょうづら》から、凄絶《せいぜつ》な冬将軍の行動を読み取った。イジオットの皇太子に話し合いの文字はない。

「……ひょっとして、ウラジーミルはネフスキーと交渉せずにいきなり攻撃したの？」

氷川が裏返った声で尋ねると、清和は憮然とした面持ちで答えた。

「……ウラジーミルはネフスキーの組織を壊滅させた」

ネフスキーも始末した、と清和の鋭敏な双眸《そうぼう》は雄弁に語っている。清和自身、驚いているのかもしれない。

「……え？　え？　藤堂さんはそんなことは言っていなかったよね？」

氷川の記憶が確かならば、藤堂は一言も乱暴な手段は口にしなかった。

「ウラジーミル、イジオットとはそういうマフィアだ」

ウラジーミルが勝手にやりやがった、藤堂も戸惑っているんじゃないか、と清和の心の中の声が氷川に伝わってくる。

「藤堂さん、無事なの？」

暴力は何も生みださない。

一発の銃弾が激戦を招く。

氷川にいやな予感が走った。

はっきり聞いたわけではないが、元ＫＧＢのネフスキーが築き上げた組織は弱くはなかったはずだ。

「遠からず、イジオットが東京に乗り込んでくる。これ以上、お前は関《かか》わるな」

清和は藤堂について言及しない。

「関わっちゃ駄目なのは僕だけじゃない。清和くんもだ」

グイグイグイッ、と氷川は感情にまかせて清和のスーツを引っ張った。

「俺は眞鍋の頭だ」

「だから、眞鍋組をたたもう。一刻も早く眞鍋寺にしようね」

「…………」

まだ諦めていなかったのか、と清和の呆《あき》れ声が氷川の脳裏に響いた。

「眞鍋寺だ。眞鍋寺がすべて解決する」

氷川が頬《ほお》を紅潮させて力んだ時、清和の切れ長の目が光った。それも背筋が凍りつくぐらい恐ろしく。

「……清和くん、どうしたの？」

清和の視線の先には、ビルから出てきた桐嶋《きりしま》と藤堂がいた。周囲には桐嶋組の若い構成員たちがいる。

「……あ、桐嶋さんと藤堂さんだ」

氷川が手を上げた瞬間。

ズギューン、ズギューン、ズギューン、ズギューン。

銃声が四発、鳴り響いた。

咄嗟《とっさ》に氷川は清和に守られるように胸にしまい込まれる。愛しい男の逞《たくま》しい腕は頼もしくて優しい。

が、氷川は自分と清和の無事を喜べなかった。

桐嶋の胸が赤くなる。

「……桐嶋さん？」

藤堂の白いスーツも血の色に染まる。

「……藤堂さん?」

夢か。

悪い夢か。

氷川は悪い夢を見ていると思った。

悪い夢であってほしいと願った。

けれども、愛しい男の腕とぬくもりが現実だと告げている。眞鍋の昇り龍から苛烈《かれつ》な闘志が発せられた。

あとがき

講談社X文庫様では四十度目ざます。依然として、真言宗《しんごん》の総本山で出家するか、真剣に悩んでいる樹生《きふ》かなめざます。

氷川《ひかわ》と清和《せいわ》の愛を新たなステージに上げるいい機会ざますか？　眞鍋《まなべ》組が眞鍋寺となれば、よりいっそう深い愛の物語への扉が開きますか？

何しろ、おかげさまで、四十冊ざます。いつの間にか、四十冊ざます。いい区切りざますし、思い切って、ツルツルになるべきざますか？　それとも、最後の根性を振り絞って、結婚相手を捕まえるべきざますか？　ツルツルの日々より妻の日々のほうがアタクシには難しいと思いませんか？

いえ、アタクシの煩悩はどうなるのでしょう。得度《とくど》を勧めてくれる方たちには、口が裂けても、アタクシが発表させていただいている罰当《ばちあ》たりな煩悩小説について明かせません。あまりにもあの方たちが清らかすぎる。

よくよく考えれば、まだ見ぬ結婚相手にもこの煩悩について明かせないのではないでしょうか。

御仏の道も花嫁の道も阻《はば》むものは、ホモ……女性向けファンタジー小説ざます。それでも、この煩悩を滅することができません。

このままこの煩悩と一緒に奈落の底へ？

担当様、一緒に奈落の底に……ではなく、ありがとうございました。深く感謝します。

奈良千春《ならちはる》様、一緒に奈落の底に参る覚悟でこれからも罰当たりを極め……ではなく、仏罰が下りそうな話に素敵《すてき》な挿絵をありがとうございました。深く感謝します。

読んでくださった方、高野山《こうやさん》より清らかな愛をこめて……ではなく、ありがとうございました。

再会できますように。

頑固な煩悩の塊《かたまり》の樹生かなめ

『龍《りゅう》の不動《ふどう》、Dr.《ドクター》の涅槃《ねはん》』、いかがでしたか？
樹生《きふ》かなめ先生、イラストの奈良千春《ならちはる》先生への、みなさまのお便りをお待ちしております。
樹生かなめ先生のファンレターのあて先
〒112-8001　東京都文京区音羽2-12-21　講談社　文芸第三出版部「樹生かなめ先生」係
奈良千春先生のファンレターのあて先
〒112-8001　東京都文京区音羽2-12-21　講談社　文芸第三出版部「奈良千春先生」係

N.D.C.913　239p　15cm

樹生かなめ（きふ・かなめ）

講談社X文庫

血液型は菱型。星座はオリオン座。

自分でもどうしてこんなに迷うのかわからない、方向音痴ざます。自分でもどうしてこんなに壊すのかわからない、機械音痴ざます。

自分でもどうしてこんなに音感がないのかわからない、音痴ざます。自慢にもなりませんが、ほかにもいろいろとございます。でも、しぶとく生きています。

樹生かなめオフィシャルサイト・ROSE13
http://homepage3.nifty.com/kaname_kifu/

white heart

龍《りゅう》の不動《ふどう》、Dr.《ドクター》の涅槃《ねはん》

樹生《きふ》かなめ

●

2017年２月２日　第１刷発行

定価はカバーに表示してあります。

発行者――鈴木　哲
発行所――株式会社 講談社
東京都文京区音羽2-12-21 〒112-8001
電話 編集 03-5395-3507
販売 03-5395-5817
業務 03-5395-3615
本文印刷―豊国印刷株式会社
製本――株式会社国宝社
カバー印刷―半七写真印刷工業株式会社
本文データ制作―講談社デジタル製作
デザイン―山口　馨

ISBN978-4-06-286936-2